Diálogo entre um padre e um moribundo

COLEÇÃO PÉROLAS FURIOSAS

Donatien Alphonse-François, o marquês de Sade (1740-1814), foi certamente um dos autores da literatura universal que mais sondaram os limites do homem, trazendo à luz (em pleno iluminismo) aquilo que a cultura sempre tentou ocultar: a violência do erotismo em suas mais variadas formas de transgressão. A tônica de seus principais romances, escritos ao longo de quase trinta anos em onze diferentes prisões sob três regimes distintos, é a da libertação do indivíduo mediante a corrupção dos costumes. Relegado ao esquecimento por muito tempo (somente o século XX o restituiu à luz e o consagrou), o perseguido autor de *Justine* e tantos outros livros escandalosos, "o espírito mais livre que jamais existiu", nas palavras de Apollinaire, é hoje considerado um clássico; ao lado de Racine ou de Shakespeare, um dos maiores escritores de sua época.

A coleção *Pérolas furiosas* reúne pela primeira vez em língua portuguesa as principais obras desse transgressor do espírito, que via na literatura uma possibilidade de criar um mundo às avessas onde tudo é levado às últimas consequências. Sade nos faz ver o impossível nas entrelinhas dessa realidade absurda na qual, paradoxalmente, negam-se a vida e os homens para melhor afirmá-los, vale dizer, para glorificá-los.

Contador Borges

Marquês de Sade

DIÁLOGO ENTRE UM PADRE E UM MORIBUNDO

e outras diatribes e blasfêmias

Organização e apresentação
Contador Borges

Tradução
Alain François e Contador Borges

ILUMI//URAS

Coleção Pérolas Furiosas
dirigida por Contador Borges

Capa
Michaella Pivetti
sobre fragmentos de *Maria Maddalena in estasi*,
óleo sobre tela (1606), Caravaggio.
Coleção particular.

Revisão
Paulo Sá e Leticia Castello Branco

Este livro segue as novas regras do Acordo Ortográfico da Língua Portuguesa.

CIP-BRASIL. CATALOGAÇÃO-NA-FONTE
SINDICATO NACIONAL DOS EDITORES DE LIVROS, RJ

S129d

Sade, Marquês de, 1740-1814.
Diálogo entre um padre e um moribundo e outras diatribes e blasfêmias /
Marquês de Sade ; organização e apresentação Contador Borges ; tradução Alain François e Contador Borges. — [5. reimpr., 2019] — São Paulo : Iluminuras, 2009.
il. - (Pérolas furiosas)

Tradução de: Fantômes ; Dialogue entre un prêtre et un moribond ; De l'immorrtalité de l'âme I et II ; De l'enfer ; Français, encore un effort si vous voulez être republicains ; La société des amis du crime
ISBN 85-7321-167-9

1. Literatura francesa I. Borges, Augusto Contador, 1954-
II. Título. III. Série.

09-1928 CDD: 848
CDU: 821.133.1-8

2019
EDITORA ILUMINURAS LTDA.
Rua Inácio Pereira da Rocha, 389 - 05432-011 - São Paulo - SP - Brasil
Tel./Fax: 55 11 3031-6161
iluminuras@iluminuras.com.br
www.iluminuras.com.br

ÍNDICE

SADE E O ATEÍSMO

Contador Borges

Num texto sobre François Châtelet[1] *e sua recusa de toda transcendência, Gilles Deleuze afirma nunca ter havido filosofia que fosse "tranquilamente mais ateia", salvo a de Nietzsche. Por esse "ateísmo tranquilo", entende que Deus (ou sua morte), a inexistência, não são problemas, mas condições consideradas adquiridas de onde nascem os verdadeiros problemas.*

Talvez mesmo a filosofia ao chegar ao "ateísmo tranquilo" de que fala Deleuze tivesse que passar antes pelo "ateísmo nervoso" de Sade, pois teria sido preciso provar sua têmpera e, naquela altura, levá-la às últimas consequências. Pôde assim retomar o tom sereno dos clássicos, algo distanciado de seu objeto agora manipulado com luvas cirúrgicas e ao mesmo tempo resignar-se em relação a ele, já que não se trata mais de recrutar o ódio do leitor e ferver seu sangue, e, para todos os efeitos, armá-lo por meio desse jargão belicoso de palavras, tão pletórico, tão urgente quanto o de boa parte das vociferações revolucionárias à época de Sade, naqueles tempestuosos dias de Terror. Virulência sentida, por exemplo, nos discursos políticos de Saint-Just, nesse momento extremo da história francesa em que a palavra dos manifestos buscava imprimir-se como lei dos novos ânimos e desejos, tal a atmosfera criada pelos devires da Revolução.

Sade, a seu turno, bradava em nome de uma racionalidade e de um materialismo vigorosos, visando exterminar de vez com seus escritos os pilares tradicionais dos poderes da transcendência: Deus, a religião e seus

[1] *Péricles e Verdi.* Rio de Janeiro: Pazulin, p. 22.

dogmas, a moral a eles arraigada, e toda simbologia gerada em torno, por acreditar que sem isso o projeto revolucionário francês não vingaria a contento. Não é outro o sentido de seu panfleto "Franceses, mais um esforço se quereis ser republicanos". Tratando-se de Sade, acrescente-se o essencial: levar as reformas institucionais além dos limites, em consonância com a radicalidade das exigências de uma cosmovisão libertina em que, necessariamente, a Revolução se faria em meio a um processo acelerado de corrupção dos costumes.

Hoje, se o tom é outro, talvez seja porque Deus e as figuras seculares da religião já estejam suficientemente distanciados do alvo dos filósofos, e tais objetos transcendentes já tenham baixado ao pó de si mesmos enquanto expressões máximas do poder manipulador das consciências, falando-nos apenas como pálidos reflexos, imagens distantes de um templo em ruínas. Mas será tão simples?

Toda época tem seus paradoxos e com a nossa não poderia ser diferente. Assim, contra todos os efeitos, assinala-se hoje certo "retorno das religiões" embora o termo não seja muito apropriado conforme alerta recente de Derrida.[2] *No entanto os "fundamentalismos", "integrismos" e outros fanatismos estão aí mesmo depois de a filosofia ter decretado, há um bom tempo, a morte de Deus. De qualquer forma, nossa época já não vê os fenômenos da religião como inimigos da boa racionalidade como na era das luzes. E é nesse espírito que mergulhamos quando lemos Sade, tempo em que a gola branca dos clérigos ainda impressionava e fazia enrolar a língua dos pecadores nos atos de confissão. Tempo em que Deus, a Igreja e a Religião eram instituições por demais presentes para não serem evocados nos discursos que os execravam. Por isso sobejam nas alegorias sadianas, enquanto inimigo a ser batido em todos os matizes. Daí a lembrança oportuna de um livro como* Roberte ce soir, *de Pierre Klossowski, um dos maiores intérpretes sadianos. No diálogo, a certo momento, salta uma tirada humorística da protagonista homônima em que evoca a tese polêmica do próprio Klossowski, em* Sade mon prochain, *alegando que faz vomitar todo ateu que se preza. A tese em questão, cuja referência é uma forma jocosa de Klossowski ironizar-se mascarado de Roberte, sustenta que só é ateu verdadeiramente quem também é perverso, já que nessa operação "(...) insulta-se Deus para fazê-lo existir,*

[2] Jacques Derrida. "Fé e saber", *A religião.* São Paulo: Estação Liberdade, p. 15.

logo, acredita-se nele, prova de que é desejado secretamente!"[3] *Deus e seus efeitos frequentam tanto o chão da linguagem que parecem reerguer sobre ele os abomináveis pilares da religião que tão ardentemente se combate. Eis o paradoxo: como combater os poderes da transcendência sem povoar com eles o discurso? Se são evocados diretamente, não é porque existam, mas porque tal "existência", um nome evacuado de sentido, só ganha validade nesse momento para tornar-se alvo do desejo que lhe desfere toda sorte de torpedos. O desejo, como se sabe, precisa sempre de objeto. E esse desejo travestido de ódio é um produto do texto sadiano. Em tais linhas de análise não se produz a trama com base na fria e imparcial argumentação, mas antes procede-se retesando as amarras do ódio à luz da consciência exasperada. E Sade não deixa dúvidas ao nos legar frases como esta: "a ideia de Deus é o único erro que não posso perdoar aos homens".*

A favor de Sade, ainda, ou melhor, de seu ateísmo, deve-se lembrar que vez por outra, mostrando-se consciente de que corria o risco de parecer contraditório, lança mão de um artifício retórico como no Diálogo entre um padre e um moribundo, *em que Deus só é admitido "em condescendência" ao interlocutor, ou, como assevera o moribundo ao padre que o interpela, "para auxiliar-te a vista estreita".*

Pletórica e contundente, a palavra sadiana vai além das artimanhas de seu tempo. Seu propósito é levar ao extremo as operações mentais e as promessas da razão em discernir as condições da nova era e impor-lhe ideais mais ousados, adulterando as peças já deslocadas pela Revolução em nome de outras mais solidárias com os poderes intransferíveis do indivíduo. No caso, a defesa radical e o efusivo louvor dos apetites do corpo perverso e suas prerrogativas imorais.

Os textos que se lerão a seguir são dispositivos claros nesse sentido. Neles Deus e seus avatares são figuras sem materialidade, sem qualquer razão de ser. E se de alguma forma "são", é porque servem a protocolos escusos, verdadeiros embustes de interesseiros e hipócritas firmados sobre a ignorância e ingenuidade dos homens, abstrações inúteis que só atendem a demandas ilusórias já em vias de serem ultrapassadas na era meticulosa das luzes. Cabe assim o reforço (em excesso) aos imperativos revolucionários, como se pode ler nas entrelinhas do opúsculo "Franceses, mais um esforço se quereis ser republicanos" da Filosofia na alcova,

[3] Pierre Klossowski. *Roberte ce soir.* Paris: Minuit, p. 101.

manifesto de uma "mais-revolução" oferecida em complemento a um projeto tido por insuficiente, quando não equivocado em seus desígnios.

"Sim, cidadão, a religião é incompatível com o sistema da liberdade", sentencia Sade. Eis sua divisa. É com base na liberdade, expandindo a níveis jamais sonhados seus horizontes, que irá lançar sua filosofia materialista e seus ideais libertinos, mas de consequências temíveis ou mesmo imprevisíveis. É que a liberdade desenfreada exercida em nome da corrupção dos costumes implica necessariamente a eleição dos privilégios individuais, e sabe-se que não há outra possibilidade além da utopia em garantir a satisfação desses indivíduos em detrimento de outros. A propalada igualdade do ideário francês da Revolução é assim guilhotinada pelo excesso da liberdade, também um destes ideais, liberdade consagrada à exaltação do corpo libertino que depende de outros para realizar-se, que serão suas vítimas e deverão submeter-se a suas vontades legitimadas por um sistema de dominação absurdo.

No texto "A sociedade dos amigos do crime" temos um exemplo de como funcionaria esta utopia da garantia dos prazeres do corpo. Nela todos seriam ao mesmo tempo agentes e pacientes, e sobretudo adeptos de um rigoroso sistema normativo. O corpo de cada indivíduo não lhes pertenceria em absoluto, a não ser como veículo de seus prazeres e dos prazeres dos outros. Cada corpo seria ao mesmo tempo emissor de desejos individuais e receptor das fantasias alheias. O que se quer é eliminar as fronteiras corporais. O corpo libertino passa a ser propriedade exclusiva da sociedade para que dele desfrute todo titular. A sociedade circunscreve ao corpo um espaço de gozo em que ele se despersonaliza para realizar efetivamente seus desejos. Neutralizam-se os sujeitos para que seus corpos se realizem dissolvidos na figura material e perversa dos gozos coletivos. Com isso, os indivíduos não podem se amar uns aos outros, pois isso geraria parcerias indesejáveis, já que ninguém possui exclusivamente ninguém para não ser excluído na contramão deste ato. Trata-se, sim, de um território "livre" sob amarras. Admite-se o indivíduo para quem o próprio corpo é uma máquina de gozo como qualquer outra, e nesse ponto todos são livres e iguais perante os estatutos da sociedade, ou seja, amigos intransigentes do crime.

Os textos deste livro agrupam as objeções centrais de Sade à religião e circunlóquios típicos de seu sistema na cruzada libertina em favor da corrupção dos costumes, e, acreditava ele, da felicidade dos homens, para que pudessem "semear algumas rosas sobre os espinhos da vida".

Não podemos deixar de assinalar o gesto pioneiro de Gilbert Lely que enfeixou os excertos de Sade sobre o tema da religião em seus Discours contre Dieu, *edição que nos serviu de base para esta compilação brasileira, para a qual, no entanto, preferiu-se a escolha de alguns desses textos, bem como o acréscimo, na íntegra, do opúsculo "Franceses, mais um esforço se quereis ser republicanos", de* A filosofia na alcova, *e a inclusão do texto basilar que é "A sociedade dos amigos do crime", extraído de* História de Juliette. *Os demais, também incluídos na edição de Lely, são, a saber, "Fantasmas", dos* Cahiers personnels, *os dois discursos "Da imortalidade da alma", de* A nova Justine, *o fragmento "Do inferno" de* História de Juliette, *e o fundamental* Diálogo entre um padre e um moribundo, *que, por assim dizer, abriu definitivamente as comportas ao manancial furioso da verve sadiana.*

Gravuras da primeira edição ilustrada de Justine *(Holanda, 1797).*

FANTASMAS

Ser quimérico e vão cujo nome apenas derramou mais sangue na face da terra do que jamais fará qualquer guerra política, por que não retornas ao nada de onde a louca esperança dos homens e seu ridículo temor infelizmente ousaram te arrancar?! Tu que só surgiste para o suplício do gênero humano, quantos crimes seriam poupados na terra se houvessem degolado o primeiro imbecil que ousou falar em ti! Vamos, aparece se existes e não admitas que uma frágil criatura ouse te insultar, afrontar, ultrajar como faço, renegando tuas maravilhas e rindo de tua existência, feitor de pretensos milagres! Faz um só para provar que existes! Mostra-te, não numa tocha de fogo como dizem ter aparecido ao bom Moisés, não sobre uma montanha como te mostraste ao vil leproso que se dizia teu filho, mas junto ao astro que te serve para iluminar os homens. Que tua mão apareça guiando-o aos olhos deles! Esse ato universal decisivo não te pode custar mais do que todos os prestígios ocultos com que dizem operar todos os dias. Tua glória depende disso. Ousa fazê-lo ou deixa de espantar-te que todos os bons espíritos rejeitem teu poder e se furtem a teus pretensos impulsos, às fábulas que, em suma, publicam a teu respeito todos os que engordam como porcos pregando-nos tua fastidiosa existência e que, semelhantes a esses padres do paganismo alimentados com as vítimas imoladas nos altares, só exaltam o ídolo para multiplicar seus holocaustos.

Estais ai, padres do deus falso a quem Fénelon cantou, regozijando-vos por terdes incitado nas trevas da época os cidadãos à revolta? Apesar do horror que a Igreja disse ter pelo sangue, à frente dos frenéticos que derramaram o de seus compatriotas, subistes nas árvores para dirigir vossos golpes com menos perigo. Era então o único modo de pregar a doutrina de Cristo, deus da paz. Mas logo que fostes cobertos de ouro por servi-lo, satisfeitos por não ter de arriscar mais vossos dias a sua causa, passastes a usar de baixeza e sofismas para defender sua quimera. Ah! Que ela desvaneça para sempre convosco e nunca mais palavras como "Deus" e "religião" sejam pronunciadas! E os homens em paz, só tendo de cuidar da felicidade, saberão que a moral que a estabelece não necessita de fábulas para firmá-la, e que, afinal de contas, amontoá-las sobre os altares de um Deus ridículo e vão que o mais leve exame da razão pulveriza imediatamente, é desonrar e manchar todas as virtudes.

Evapora-te nojenta quimera! Retorna às trevas de onde vieste, e não macula mais a memória dos homens. Que teu nome execrado só se pronuncie em meio à blasfêmia, que torturem até a morte o pérfido impostor que no futuro queira reedificar-te sobre a terra! E sobretudo não permitas mais que esses bispos carnudos de cem mil libras de renda vibrem de satisfação ou urrem de alegria. Esse milagre não valeria o que te proponho; e se deves nos mostrar um, que ao menos seja digno de tua glória. Por que te esconder de quem tanto te deseja? Temes assustá-los ou receias sua vingança? Ah, monstro, como a mereces!... Terá valido a pena criar o homem para depois mergulhá-lo num abismo de desgraças? Será com atrocidades que deves assinalar tua potência? E tua mão esmagadora, não terá de ser amaldiçoada por eles, fantasma execrável? Sim, tens razão em te esconder. Choveriam pragas sobre ti se tua face hedionda aparecesse aos homens... Os infelizes, revoltados com a obra, fulminariam logo o operário!

Fracos e absurdos mortais cegos pelo erro e pelo fanatismo, abandonai essas ilusões perigosas em que a superstição tonsurada vos mergulhou; refleti sobre seu poderoso interesse em vos impingir um Deus, sobre o poderoso crédito que lhe dão tais mentiras acerca de vossos bens e espíritos, e vereis que esses trapaceiros só anunciam uma quimera e que, do mesmo modo, tão degradante fantasma só haveria de ser precedido por bandoleiros. Se vosso coração precisa de um culto, oferecei a ele os objetos palpáveis de suas paixões: ao menos sereis satisfeitos com alguma coisa real nessa homenagem natural. O que sentis após duas ou três horas de misticismo deífico? Um gélido nada, um abominável vazio que, sem nada fornecer aos vossos sentidos, mergulha-os necessariamente no mesmo estado de quem tenha adorado sonhos e sombras! Nossos sentidos materiais poderiam ligar-se a outra coisa que não à essência de que são formados? E com sua frívola espiritualidade que nada realiza, vossos adoradores de Deus não se parecem todos com Dom Quixote tomando moinhos por gigantes?

Ó execrável aborto! Deveria abandonar-te a ti mesmo agora, entregar-te ao desprezo que tão só inspiras e deixar de combater-te outra vez nos devaneios de Fénelon. Mas prometi cumprir minha tarefa. Manterei feliz minha palavra se meus esforços chegarem a desenraizar-te do coração de teus sectários imbecis, e possam, ao pôr um pouco de razão no lugar de tuas mentiras, estremecer de vez teus altares, mergulhando-os para sempre nos abismos do nada.

Tradução Contador Borges

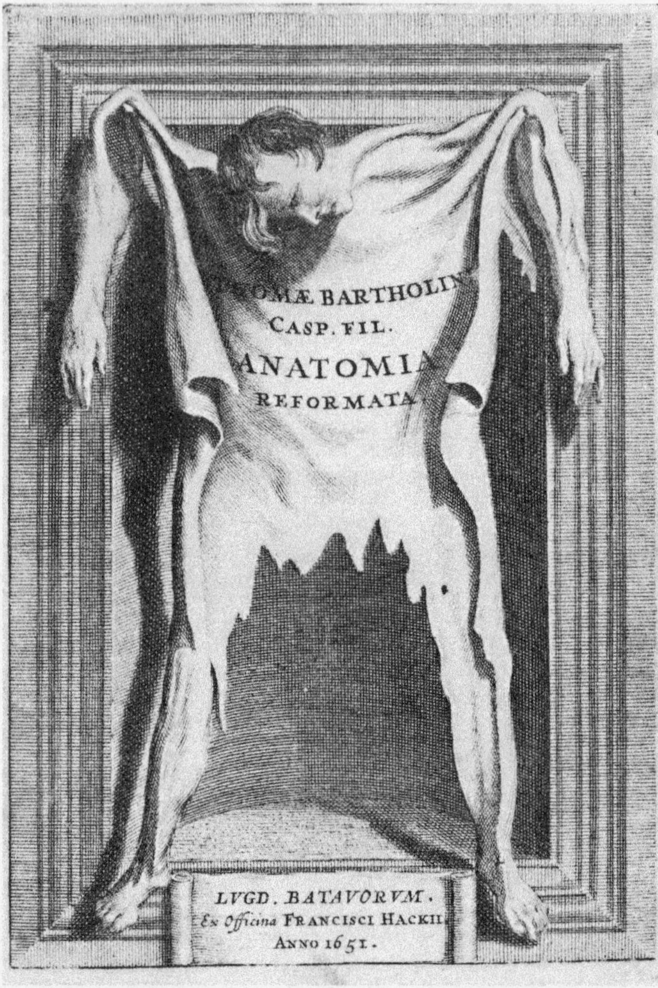

Anatomia reformata, *de Thomas Bartholin (Leyde, 1651).*
Frontispício gravado sobre couro de H. Dittmers.

DIÁLOGO ENTRE UM PADRE E UM MORIBUNDO

PADRE — Chegada a hora fatal em que o véu da ilusão se rasga para mostrar ao homem seduzido o quadro cruel de seus erros e vícios, não vos arrependeis, meu filho, das múltiplas desordens a que vos levaram a fragilidade e as fraquezas humanas?

MORIBUNDO — Sim, meu amigo, arrependo-me.

PADRE — Então, no pouco tempo que vos resta, aproveitai esses benditos remorsos para receber do céu a absolvição geral de vossas faltas, e saibais que só pela mediação do santíssimo sacramento da penitência ser-vos-á possível alcançá-la do Eterno.

MORIBUNDO — Não te entendo mais do que me compreendes.

PADRE — Como?

MORIBUNDO — Eu disse que me arrependo.

PADRE — Já o dissestes.

MORIBUNDO — Mas não compreendeste.

PADRE — O quê?!

MORIBUNDO — O seguinte: criado pela natureza, com apetites muito vivos e paixões muito fortes, posto neste mundo unicamente para entregar-me a eles e satisfazê-los, sendo tais efeitos de minha criação apenas necessidades relativas aos primeiros fins da natureza, ou, se preferires, derivações essenciais de seus projetos sobre mim, todos em razão de suas leis, só me arrependo de não ter reconhecido o bastante sua onipotência, e meus únicos remorsos são pelo uso medíocre que fiz das faculdades (criminosas para ti, tão simples para mim) com que me dotou para servi-la. Por vezes lhe resisti e arrependo-me por isso. Cego pelo absurdo de teus sistemas, combati por eles toda a violência dos desejos recebidos por uma inspiração bem mais divina. Disso me arrependo. Só colhi flores quando poderia ter feito uma ampla colheita de frutos... Eis os justos motivos de meus arrependimentos; estima-me bastante para eu não procurar outros.

PADRE — Onde vossos erros vos arrastam, onde vossos sofismas vos conduzem! Emprestai à coisa criada a onipotência do criador, e não vedes que as inclinações infelizes que vos desencaminharam são apenas efeitos dessa natureza corrompida a que atribuis a onipotência.

MORIBUNDO — Amigo, parece-me que tua dialética é tão falsa quanto teu espírito. Gostaria que raciocinasses de modo mais justo, ou que me deixasses morrer em paz. O que entendes por criador e por natureza corrompida?

PADRE — O criador é o senhor do universo. Aquele que tudo fez e criou e que tudo conserva por um simples efeito de sua onipotência.

MORIBUNDO — Um grande homem, seguramente... Mas se é tão poderoso, por que criou uma natureza corrompida?

PADRE — Que mérito os homens teriam se Deus não lhes tivesse deixado o livre-arbítrio, e o que ganhariam com isso se não houvesse na terra a possibilidade de fazer o bem e a de evitar o mal?

MORIBUNDO — Então esse teu Deus quis ser do contra, fazendo tudo só para tentar ou testar sua criatura. Logo, não a conhecia e duvidava do resultado?

PADRE — Ele a conhecia, sem dúvida, mas uma vez mais queria deixar-lhe o mérito da escolha.

MORIBUNDO — Para quê, se sabia seu partido de antemão e só a ele competia, já que o dizes onipotente, só a ele competia, digo, fazer com que escolhesse o do bem?

PADRE — Quem pode compreender os desígnios imensos e infinitos de Deus sobre o homem e quem pode compreender tudo o que vemos?

MORIBUNDO — Quem simplifica as coisas, meu amigo, e sobretudo não multiplica as causas para melhor confundir os efeitos. Por que colocas outra questão quando não me podes explicar a primeira? Sendo possível que a natureza tenha feito sozinha tudo o que atribuis a teu Deus, por que pretendes arrumar-lhe um senhor? A causa do que não compreendes talvez seja a coisa mais simples do mundo. Aperfeiçoa tua física e entenderás melhor a natureza; purifica tua razão, elimina teus preconceitos e não necessitarás mais desse deus.

PADRE — Seu infeliz, pensei apenas que fosses sociniano!...[1] Tinha armas para combater-te, mas vejo bem que és ateu! E já que teu coração se nega à imensidade das provas autênticas que recebemos todos os dias da existência do criador, nada mais tenho a te dizer. Não se devolve a luz a um cego.

MORIBUNDO — Meu amigo, conforma-te com a evidência de que cego é quem se veda com uma fita, não quem a arranca dos olhos. Tu edificas, inventas, multiplicas; eu destruo, simplifico. Tu acumulas erros sobre erros; eu combato todos. Qual de nós é o cego?

PADRE — Então não crede mesmo em Deus?

MORIBUNDO — Não, por uma razão bem simples. É perfeitamente impossível crer no que não se compreende. Entre a compreensão e a fé devem existir relações imediatas. A compreensão é o primeiro alimento da fé. Onde a compreensão falha, a fé está morta; e aqueles que assim mesmo continuam a crer, enganam-se redondamente. Desafio-te a crer no deus que me pregas, pois não saberias me demonstrá-lo, nem compete a ti me defini-lo; por conseguinte não o compreendes, e, se não o compreendes, como me podes fornecer um argumento razoável a seu respeito? Em suma: sendo quimera ou inutilidade tudo o que ultrapassa os limites do espírito humano, e teu deus só podendo ser uma dessas coisas, no primeiro caso eu seria louco de crer nele, no segundo um imbecil.

Meu amigo, prova-me a inércia da matéria e admito o criador. Prova-me que a natureza não se basta a si mesma, e te permito conceber-lhe um senhor. Até então não esperes nada de mim. Só me rendo à evidência que recebo dos sentidos; onde eles cessam, minha fé desfalece. Creio no sol porque o vejo, concebo-o como o centro de reunião de toda a matéria inflamável da natureza, aceito sua marcha periódica sem espantar-me. É uma operação física, talvez tão simples quanto a da eletricidade, mas que não nos é permitido compreender. Para que ir mais longe? Não terei avançado mais quando edificares teu deus acima disso e não me será preciso o mesmo esforço tanto para compreender o operário quanto para definir a obra?

Assim sendo, não me terás prestado nenhum serviço com a edificação de tua quimera; por me confundires o espírito, em vez de esclarecê-lo, só te devo ódio em lugar de reconhecimento. Teu deus é uma máquina que fabricaste para servir tuas paixões, movida a teu bel-prazer, mas desde que interfere nas minhas, não estranhes que eu a rejeite; e no instante em que minha alma fraca mais precisa de calma e filosofia, não me venhas com esses sofismas espantá-la, que só a aterrorizam sem convencê-la e a irritam sem torná-la melhor. Esta alma, meu amigo, é o que a natureza desejou que fosse, isto é, o resultado dos órgãos com que me formou em razão de suas metas e necessidades; e como ela necessita igualmente de virtudes e de vícios, quando quis levar-me às primeiras, ela o fez, e quando desejou conduzir-me aos segundos, inspirou-me tais desejos aos quais entreguei-me do mesmo modo. Toma apenas essas leis como a única causa de nossa inconsequência humana, e não estabeleça para elas outros princípios que suas vontades e necessidades.

PADRE — Sendo assim, tudo é necessário no mundo.

MORIBUNDO — Seguramente.

PADRE — Mas se tudo é necessário, não está tudo regulado?

MORIBUNDO — Quem diz o contrário?

PADRE — E quem pode regular tudo como está a não ser uma mão onipotente e sábia?

MORIBUNDO — Não é necessário que a pólvora inflame ao se lhe atear fogo?

PADRE — Sim.

MORIBUNDO — E que sabedoria vês nisso?

PADRE — Nenhuma.

MORIBUNDO — Portanto é possível haver coisas necessárias sem sabedoria, e possível, consequentemente, tudo derivar de uma causa primeira sem haver nessa causa razão ou sabedoria.

PADRE — Onde quereis chegar?

MORIBUNDO — A provar-te que tudo pode ser o que é e o que vês, sem que nenhuma causa sábia e razoável o conduza, e que efeitos naturais devem ter causas naturais sem que seja necessário supô-las antinaturais, como esse teu deus propriamente, o qual, conforme disse, necessita de explicação e não fornece nenhuma; se ele não serve para nada, é perfeitamente inútil, sendo evidente que o que é inútil é nulo e o que é nulo é nada; portanto, para convencer-me de que teu deus é uma quimera, não necessito de outro raciocínio senão o que me fornece a certeza de sua inutilidade.

PADRE — Nesse momento, parece-me necessário falar-vos de religião.

MORIBUNDO — Por que não? Nada me diverte como as provas do excesso a que chegaram os homens sobre esse ponto tratando-se de fanatismo e de imbecilidade. São espécies de desvios prodigiosos como esses que tornam o quadro horrível, mas sempre interessante para mim. Responde com franqueza e, sobretudo, sem egoísmo: seu eu fosse fraco o bastante para deixar-me surpreender por teus ridículos sistemas sobre a fabulosa existência do ser que torna a religião necessária, sob que forma me aconselharias a lhe oferecer um culto? Gostarias que eu adotasse os devaneios de Confúcio mais do que os absurdos de Brahma, que eu adorasse a grande serpente dos negros, o astro dos peruanos, ou o deus dos exércitos de Moisés? A qual das seitas de Maomé desejarias que eu me rendesse, ou qual das heresias cristãs seria para ti preferível? Cuidado com a resposta.

PADRE — Poderia haver dúvidas?

MORIBUNDO — Ela então é egoísta.

PADRE — Não, amar-te tanto quanto a mim mesmo é aconselhar-te o que creio.

MORIBUNDO — E dar ouvidos a semelhantes erros é amar-nos muito pouco.

PADRE — E quem pode fechar os olhos diante dos milagres de nosso divino redentor?

MORIBUNDO — Quem só vê nele o mais ordinário dos tratantes e o mais vulgar dos impostores.

PADRE — *Ó Deus, vós o ouvistes... e não bramastes?!*

MORIBUNDO — Não, meu amigo, está tudo em paz, porque esse deus, por impotência, razão, ou tudo o que queiras enfim em um ser que só admito por um momento em condescendência a ti, ou se preferires, para auxiliar-te a vista estreita, esse deus, digo, se existe mesmo como loucamente crês, não pode ter usado meios tão ridículos para nos convencer quanto aqueles que teu Jesus supõe.

PADRE — Então as profecias, os milagres, os mártires, tudo isso não serve como provas?

MORIBUNDO — Como queres que eu aceite em boa lógica como provas tudo aquilo que carece delas em si mesmo? Para que a profecia se comprovasse, eu deveria, primeiramente, ter certeza absoluta de que ela fora feita. Ora, estando isso consignado na história, não pode ter mais força para mim do que outros fatos históricos entre os quais três quartos são bastante duvidosos; e se acrescentarmos a isso a aparência mais que verossímil de que só me são transmitidos por historiadores interesseiros, terei, como vês, mais que direito em duvidar. Além disso, quem me assegurará de que essa profecia não fora feita posteriormente, de que não fora o efeito da combinação da mais simples política, como a que estabelece um reino feliz sob um rei justo ou geada no inverno? E se assim é, como queres que a profecia, com tal necessidade em ser comprovada, possa ela mesma tornar-se uma prova?

Quanto aos teus milagres, também não me impressionam. Todos os astutos fizeram isso e todos os tolos acreditaram. Para persuadir-me da veracidade de um milagre, seria preciso estar bem seguro de que o evento assim chamado fosse absolutamente contrário às leis da natureza, pois só o que se situa fora dela pode passar por milagre; e quem a conhece o bastante para ousar afirmar qual é precisamente o ponto em que ela para e qual aquele em que é violada? Para se acreditar em um pretenso milagre bastam duas coisas: o mágico e os incautos. Vai, não busques jamais outra origem para os teus. Todos os novos sectários fizeram-no; e o que é mais singular, todos encontraram imbecis que creram neles. Teu Jesus nada fez de mais singular que Apolônio de Tiana[2] e, entretanto, ninguém tomou este por um deus. Quanto a teus mártires, sem dúvida, o mais fraco de teus argumentos, são necessários apenas entusiasmo e resistência para fazê-los; como a causa contrária oferece-me tantos quanto a tua, jamais terei autoridade bastante para crer mais em uma do que outra, mas, em compensação, serei levado a achar ambas piedosas.

Ah, meu amigo, se o deus que me pregas existisse de fato, teria necessidade de milagres, de mártires e de profecias para erigir seu império? E se, como dizes, o coração do homem fosse obra sua, não haveria de ser escolhido para santuário de sua lei? Emanada de um deus justo, esta lei igual estaria igualmente gravada de modo irresistível em todos os corações, e de uma parte do universo à outra, assemelhando-se todos os homens por esse órgão delicado e sensível, assemelhar-se-iam da mesma forma pela homenagem que rendessem ao deus de quem o receberam; todos só conheceriam um modo de amá-lo, de adorá-lo ou de servi-lo, e lhes seria tão impossível desconhecer esse deus quanto resistir à inclinação secreta de seu culto. Em vez disso, o que vejo no universo? Tantos deuses quanto países, tantas maneiras de servir suas divindades quanto diferentes cabeças ou imaginações; e esta multiplicidade de opiniões entre as quais me é fisicamente impossível escolher seria para ti obra de um deus justo?

Ora, pregador, ultrajas teu deus mostrando-o assim. Deixa-me negá-lo totalmente, pois, se ele existe, tu o ultrajas bem mais com tuas blasfêmias do que eu com minha incredulidade. Volta à razão, pregador! Teu Jesus não vale mais que Maomé, Maomé não mais que Moisés, e todos os três não são melhores que Confúcio, que apesar de tudo ditou alguns bons princípios, enquanto esse trio disparatou. Mas ao fim das contas são todos impostores de quem o filósofo caçoou, em quem os canalhas creram, e quem a justiça deveria ter enforcado.

PADRE — Sim, e ela passou dos limites em relação a um deles.

MORIBUNDO — Foi o que mais mereceu: sedicioso, desordeiro, caluniador, trapaceiro, libertino, grosseiro, farsante, em suma, um perigoso mau elemento que possuía a arte de dirigir o povo e que, sem dúvida, não passaria impune no estado em que então se encontrava o reino de Jerusalém. Este foi muito sábio em ter se livrado dele, caso único, talvez, em que minhas máximas, aliás, extremamente suaves e tolerantes, possam admitir a severidade de Têmis[3]. Perdoo todos os erros, menos aqueles que podem ser perigosos para o governo sob o qual se vive. Os reis e sua majestade são as únicas coisas que se me impõem, as únicas que respeito, e quem não ama seu país e seu rei não é digno de viver.

PADRE — Mas deveis admitir algo após esta vida. É impossível que vosso espírito jamais tenha desejado dissipar as trevas do destino que nos aguarda. E qual sistema pode satisfazê-lo melhor do que o de uma profusão de penas para quem pratica o mal e uma eternidade em recompensas para quem pratica o bem?

MORIBUNDO — Qual sistema, meu amigo? O do nada, claro. Este jamais me espantou; só vejo nele consolo e simplicidade. Os outros são obra do orgulho, só ele pertence à razão. Além disso, o nada não é repelente nem absoluto. Não tenho sob os olhos o exemplo de tudo o que é gerado e regenerado perpetuamente pela natureza? Coisa alguma perece ou se destrói no mundo, meu amigo; hoje homem, amanhã verme, depois de amanhã mosca, não é sempre existir? E por que seria recompensado por virtudes de que não tenho mérito algum ou punido por crimes de que não fui senhor? Podes conciliar a bondade de teu pretenso deus com este sistema, e como ele me pode ter criado só para se dar ao prazer de me punir, e ainda em consequência de uma escolha de qual não me deixa ser senhor?

PADRE — Vós o sois.

MORIBUNDO — Sim, conforme teus preconceitos. Mas a razão os destrói, e o sistema de liberdade do homem foi inventado apenas para fabricar o da graça, que se tornou tão favorável a teus devaneios. Qual homem no mundo, vendo o cadafalso ao lado do crime, cometê-lo-ia, se estivesse livre de não cometê-lo? Somos arrastados por uma força irresistível, e jamais, sequer um instante, temos o poder de nos determinar para outra coisa além daquela a que estamos inclinados. Não há uma só virtude que não seja necessária à natureza e, da mesma forma, um só crime de que ela não tenha necessidade. Toda a sua ciência consiste na manutenção de ambos em perfeito equilíbrio. Somos culpados pelo lado em que ela nos lança? Não mais que a vespa ao aferroar tua pele.

PADRE — Então, nem o maior dos crimes nos deve inspirar horror?

MORIBUNDO — Não foi isso que eu disse. Para que ele nos inspire repulsa ou horror, basta a lei condená-lo e o gládio da justiça puni-lo; mas se infelizmente foi cometido, é preciso saber tomar seu partido sem se entregar ao remorso estéril; o efeito deste é vão, já que não nos livra de o ter cometido, e nulo, já que não se pode repará-lo. Portanto, é um absurdo entregar-se ao remorso e mais ainda temer ser punido em outro mundo se somos felizes de termos escapado disso neste. Deus me livre encorajar com isso o crime: certamente é preciso evitá-lo o quanto se possa, mas é pela razão que devemos saber fugir a ele, não por falsas crenças que não levam a nada, e cujo efeito logo se dissipa numa alma que seja um pouco firme. A razão, meu amigo, tão somente a razão nos deve advertir que prejudicar nossos semelhantes jamais nos tornará felizes, e nosso coração, que contribuir para a felicidade deles, é a melhor coisa que a natureza nos pode conceder na terra. Toda a moral humana encerra-se nestas palavras: *tornar os outros tão felizes quanto desejamos sê-los nós mesmos*, e jamais lhes fazer mais mal do que gostaríamos de receber.

Eis aí, meu amigo, os únicos princípios que devemos seguir; e não necessitamos de religião nem deus para prová-los e admiti-los, somente um bom coração. Mas estou perdendo as forças. Pregador, abandona teus preconceitos, sê homem, sê humano, sem temor nem esperança. Deixa de lado teus deuses e tuas religiões, que só servem para acorrentar os homens; só o nome desses horrores derramou mais sangue sobre a terra do que todas as guerras e flagelos ao mesmo tempo. Renuncia à ideia de outro mundo, que não existe, mas jamais ao prazer em ser e tornar outros felizes neste em que vivemos. Eis o único modo que a natureza oferece para dobrar ou prolongar tua existência. Meu amigo, a volúpia sempre foi o mais caro dos meus bens; eu a incensei durante toda a vida e gostaria de acabar em seus braços. Meu fim se aproxima. Seis mulheres mais belas que a luz encontram-se no gabinete vizinho; reservei-as para este momento. Pega a tua parte e, a meu exemplo, procura esquecer em seus seios os sofismas inúteis da superstição e os erros imbecis da hipocrisia.

O moribundo soa, as mulheres entram, e o padre torna-se em seus braços um homem corrompido por natureza, por não ter sabido explicar o que é natureza corrompida.

Tradução Contador Borges

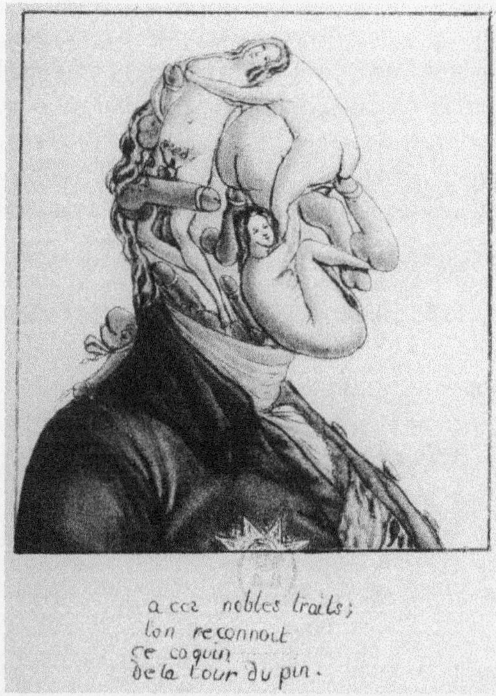

"Fodas cantantes ou recriações priápicas de aristocratas vivos."
Para A musa libertina *(Couillardise, 1791). Retrato de La Tour du Pin.*

DA IMORTALIDADE DA ALMA

Primeiro Discurso

Sem dúvida, nada é mais absurdo do que o sistema das pessoas que teimam em dizer que a alma é substância diferente do corpo; seu erro provém do orgulho que sentem ao supor que esse órgão interior tem o poder de retirar ideias de seus próprios fundos. Seduzidos por essa primeira ilusão, alguns entre eles levaram a extravagância a ponto de acreditar que trazemos, ao nascer, ideias inatas. A partir dessa hipótese ridícula, fizeram da parte a que chamaram de *alma* uma substância isolada à qual concederam o direito imaginário de pensar independentemente da matéria, da qual emana exclusivamente. Essas opiniões monstruosas somente se justificavam afirmando que as ideias são os únicos objetos do pensamento, como se não fosse comprovado que apenas nos podem provir dos objetos exteriores que, ao agir sobre nossos sentidos, modificaram nossos cérebros. Sem dúvida, cada ideia existe de fato; mas, por mais remota que possa ser sua causa, poderíamos supor sua existência sem esta? Se podemos adquirir ideias apenas por meio de substâncias materiais, como poderíamos supor que a causa de nossas ideias é imaterial? Ousar sustentar que podemos ter ideias sem os sentidos seria tão absurdo como dizer que um cego de nascença pode ter uma ideia das cores. Não, Justine! Não acreditemos que nossa alma possa agir por si mesma ou sem causa em qualquer momento de nossa vida: ela está absolutamente ligada aos elementos materiais que compõem nossa existência, e depende inteiramente deles, sempre submetida às impressões dos seres que agem necessariamente em nós; e os movimentos secretos deste princípio vulgarmente denominado *alma*, conforme suas propriedades, se devem a causas ocultas dentro de nós mesmos.

Acreditamos que essa alma se move por não vermos as molas que a movimentam ou por supormos esses móveis incapazes de produzir os efeitos que admiramos. A fonte de nossos erros advém do fato de considerarmos nosso corpo enquanto matéria bruta e inerte, ao passo que esse corpo é uma máquina sensível que tem necessariamente a consciência momentânea da impressão que recebe e a consciência do *eu* pela lembrança das impressões sucessivamente experimentadas. Guarda isso, Justine: é apenas e unicamente por meio de nossos sentidos que os seres se tornam conhecidos de nós ou produzem ideias em nós; é somente em consequência dos movimentos impressos em nosso corpo que nosso cérebro se modifica ou que nossa alma pensa, deseja e age. Como poderia nosso espírito manifestar-se em outra coisa além do que conhece? Ou conhecer outra coisa do que sentiu? Tudo comprova da maneira mais convincente que a alma age e se move segundo as mesmas leis que regem os outros seres da natureza; que não pode ser distinta do corpo; que nasce, cresce, se modifica nas mesmas progressões e que, por conseguinte, perece com ele. Sempre dependente do corpo, vemo-la passar pelas mesmas gradações: inepta na infância, vigorosa na idade madura, gélida na velhice; sua razão ou seu delírio, suas virtudes ou seus vícios nunca são senão o resultado dos objetos exteriores e de seus efeitos sobre os órgãos materiais. Mediante provas tão fortes da identidade da alma e do corpo, como foi possível imaginar que essa porção de um mesmo indivíduo gozasse de imortalidade enquanto a outra perecia? Os imbecis, após terem feito dessa alma fabricada a seu bel-prazer um ser simples, inextenso, desprovido de partes, absolutamente diferente, em suma, de tudo o que conhecemos, pretenderam que não estava sujeita às leis que encontramos em todos os seres, cuja perpétua decomposição a experiência nos mostra; partiram desses falsos princípios para persuadirem-se de que o mundo também tinha uma alma espiritual, universal, e deram o nome de Deus a essa nova quimera da qual a de seu corpo passava a ser uma emanação. Daí as religiões e todas as fábulas absurdas decorrentes, todos os sistemas gigantescos e fabulosos que haviam necessariamente de resultar dessa primeira extravagância; daí as ideias romanescas de penas, recompensas após essa vida: o mais revoltante dos absurdos; pois, se a alma humana fosse uma emanação da alma universal, isto é do Deus do universo, como poderia merecer ou desmerecer? Como, perpetuamente acorrentada ao ser de que emana, poderia ser livre? E, sabendo isso, punida ou recompensada enquanto tal? E que os sectários do estúpido sistema da imortalidade da alma não nos venham dar sua universalidade como prova de sua realidade. Nada mais simples do que a prodigiosa extensão dessa opinião: ela contém o forte, consola o fraco; de que mais precisava para se propagar? Em todo lugar os homens assemelham-se, e em todo lugar hão de ter os mesmos erros. Tendo a natureza inspirado em todos os homens o mais vivo amor para sua existência, a eternidade dessa existência torna-se um desejo necessário; esse desejo converte-se logo em certeza e mais prontamente ainda em dogma. Era fácil presumir que homens assim dispostos fossem escutar com avidez tudo o que esse sistema lhes anunciava. Mas desejar uma quimera, será, por si só, prova incontestável da realidade dessa quimera? Do mesmo modo, desejamos a vida eterna dos corpos; no entanto, esse desejo é frustrado: por que o da vida eterna de nossa alma não o seria igualmente? As mais simples reflexões sobre a natureza dessa alma deveriam nos convencer de que a ideia de sua imortalidade é apenas ilusão. De fato, o que vem a ser essa alma, senão princípio de sensibilidade? O que vem a ser pensar, gozar, sofrer, senão sentir? O que vem a ser a vida senão o conjunto desses diferentes movimentos próprios a serem organizados? Desse modo, assim que o corpo deixa de viver, a sensibilidade não mais pode atuar; não pode mais haver ideias, nem, por conseguinte, pensamentos. Logo, as ideias não podem senão provir dos sentidos: como querem que, uma vez privados desses sentidos, ainda tenhamos ideias? Já que fazem da alma um ser separado do corpo animal, por que não fazem da vida um ser distinto do corpo vivo? A vida é a soma dos movimentos de todo o corpo. O sentimento e o pensamento são partes desses movimentos: desse modo, no homem morto, esses movimentos cessarão assim como os outros. De fato, por meio de que raciocínio pretendem nos mostrar que essa alma, que não pode sentir, querer, pensar e agir senão por meio de seus órgãos, consegue sentir dor ou prazer, ou até mesmo ter consciência de sua existência quando os órgãos que a informavam estarão decompostos? Não é evidente que a alma depende do arranjo das partes do corpo e da ordem segundo a qual essas partes concorrem a cumprir suas funções? Desse modo, uma vez destruída a estrutura orgânica, não há como duvidar de que a alma também o esteja. Não vemos, no decorrer de nossa vida, que essa alma é alterada, incomodada, perturbada por todas as mudanças experimentadas por nossos órgãos? E eles têm a extravagância de imaginar ser preciso que essa alma aja, pense, subsista, quando esses mesmos órgãos terão completamente desaparecido! Que absurdo!

O ser organizado pode ser comparado a um relógio que, uma vez quebrado, fica impróprio para os usos aos quais se destinava. Dizer que a alma sentirá, pensará, gozará, sofrerá após a morte do corpo, é pretender que um relógio quebrado em mil pedaços possa continuar marcando as horas. Aqueles que nos dizem que nossa alma pode subsistir apesar da destruição do corpo, sustentam evidentemente que a modificação de um corpo poderá conservar-se após seu sujeito ter sido destruído.

Minha filha, aceita que após tua morte teus olhos não mais verão, tuas orelhas não mais escutarão. Do fundo de teu caixão, não serás mais testemunha dessas cenas que tua imaginação te representa hoje em negras cores. Não tomarás mais parte do que ocorrerá no mundo; não serás menos indiferente com o que farão de tuas cinzas do que poderias ter sido, à véspera de teu nascimento, com o tipo de órgãos que acabarias por receber da natureza. Morrer é deixar de pensar, de sentir, de gozar, de sofrer: tuas ideias perecerão contigo; tuas penas e teus prazeres não te seguirão no túmulo. Portanto, encara a morte com um olhar tranquilo, não para alimentar teus temores e tua melancolia, mas para acostumar-te a vê-la com um olhar calmo, para assegurar-te contra os falsos terrores que os inimigos de teu repouso querem inspirar em ti.

Tradução Alain François

DA IMORTALIDADE DA ALMA

Segundo Discurso

Se remontarmos às épocas mais remotas, não encontramos, lamentavelmente, outras garantias do absurdo sistema da imortalidade da alma a não ser entre os povos mergulhados nos erros mais grosseiros. Se examinarmos as causas possíveis que permitiram a esta inépcia horrenda ser admitida, encontramo-las na política, no terror e na ignorância: mas, independentemente da origem dessa opinião, resta saber se ela tem fundamentos. Temo muito que, ao examiná-la, a achemos tão quimérica como os cultos que autoriza. Conviremos que, nos próprios séculos em que essa opinião pareceu mais autorizada, sempre houve pessoas sábias o bastante para dela duvidar.

Era impossível não sentir o quanto o conhecimento dessa verdade se tornava necessário aos homens; e, no entanto, nenhum dos deuses que sua extravagância erigiu tomava o cuidado de informá-los a respeito. Parece que esse absurdo nasceu entre os egípcios, isto é, entre o povo mais crédulo e supersticioso da terra. Deve-se, entretanto, notar uma coisa: Moisés, embora criado em suas escolas, nunca recorreu a essa palavra quando falava aos judeus. Suficientemente político para criar outros freios, nunca ousou, como sabemos, usar este com seu povo: a asneira excessiva que o caracterizava fez com que nunca imaginasse usá-lo. O próprio Jesus, esse modelo de velhacaria e impostura, esse abominável charlatão, não tinha a menor noção de imortalidade da alma. Ele só se expressa como materialista; e quando ameaça os homens, percebe-se que é aos corpos deles que seus discursos se dirigem, já que nunca separa corpo e alma. Mas não quero me ater, aqui, na busca da origem dessa fábula hedionda: mostrar-vos sua completa loucura torna-se o único objetivo de meu trabalho.

Primeiro, falemos um instante, meus amigos, das causas que puderam produzi-la. As desgraças do mundo, as reviravoltas que sofreu, os fenômenos da natureza, foram, incontestavelmente, as primeiras; a física, mal conhecida, mal interpretada, deve ter autorizado as segundas; a política tornou-se a terceira. A impotência em que se encontra o entendimento humano em relação à faculdade de conhecer a si mesmo provém menos da inexplicabilidade do enigma do que do modo segundo o qual é proposto. Antigos preconceitos predispuseram o homem contra sua própria natureza: ele quer ser o que não é. Desgasta-se em esforços para encontrar-se em uma esfera ilusória, a qual, mesmo se existisse, não seria sua. Como, após isso, pode ele encontrar-se? Será que o mecanismo do instinto nos animais já não foi suficientemente demonstrado por meio da sintonia perfeita de seus órgãos? Será que a experiência não nos comprova que o instinto, nesses mesmos animais, enfraquece por causa da alteração que neles ocorre, quer por acidente, quer por velhice, e que o animal é finalmente destruído quando cessa a harmonia da qual não era senão o resultado? Como se pode ser cego a ponto de não reconhecer que acontece exatamente a mesma coisa conosco? Entretanto, para terminar de identificar esses princípios em nós, é preciso começar por convencer-nos de que a natureza, embora una em sua essência, se modifica ao infinito. Em seguida, não perder de vista esse axioma de verdade eterna: um efeito nunca poderia ser maior de que sua causa. E, finalmente, lembrar-se de que todos os resultados de um movimento qualquer são diversos entre si; que aumentam ou enfraquecem proporcionalmente ao vigor ou à fraqueza do peso que dá sua impulsão ao movimento.

Ajudados pelo uso desses princípios, percorrereis o campo da natureza sensível a passos de gigantes. Graças ao primeiro, descobrireis essa unidade que anuncia: em toda parte do reino animal, há sangue, ossos, carne, músculos, nervos, vísceras, movimento, instinto.

Por meio do segundo, percebereis a diferença existente entre os diversos seres vivos da natureza. Não ireis comparar o homem com a tartaruga, nem o cavalo com a mosca. Antes, constituireis um plano gradual de diversidade tal que cada animal ocupe nele o lugar que lhe convém. O exame das espécies convencer-vos-á de que a essência é a mesma por toda parte e que as diversidades apenas têm os modos por objeto. Disso concluireis que o homem não é mais superior à matéria, causa produtora do homem, do que o cavalo é superior a essa mesma matéria, causa produtora do cavalo; e que se há superioridade entre essas espécies, o homem e o cavalo, é apenas nas modificações ou nas formas.

Vereis, pelo terceiro princípio, o qual diz que os resultados de um movimento qualquer diferem-se entre si, e que aumentam ou enfraquecem-se proporcionalmente ao vigor ou à fraqueza dos pesos que impulsionam esse movimento, e convencer-vos-eis, por esse princípio, de que nada é mais maravilhoso na construção do homem quando se trata de compará-lo com as espécies animais que lhe são inferiores. Qualquer que seja o modo como o fazemos, só vemos matéria em todos os seres que existem — O quê!, direis, o homem e a tartaruga são a mesma coisa? — Não, claro, diferem na forma; mas a causa do movimento que constitui ambos é certamente a mesma: "Suspendei um pêndulo na ponta de um fio, nesse teto, e colocai-o em movimento: a primeira linha descrita por esse pêndulo terá toda a extensão que o cumprimento do fio permitir; a segunda terá menos, a terceira menos ainda, até que, finalmente, o movimento do pêndulo se reduza a uma simples vibração, a qual acabará em repouso absoluto".*

Dessa experiência concluo: o homem resulta do movimento mais extenso, a tartaruga apenas de uma vibração, mas a matéria mais bruta foi a causa de ambos.

Para explicar o fenômeno homem, os defensores da imortalidade da alma dotam-no de uma substância desconhecida. Nós, materialistas, sem dúvida muito mais razoáveis, só consideramos suas qualidades como o resultado de sua organização. Convimos que as suposições resolvem muitas dificuldades, mas não acabam com as questões. Acelerando o passo e indo diretamente ao ponto, são provas que

* Não podemos ocultar que emprestamos essa sábia citação de um homem de muito espírito. Por isso diferenciamo-la do resto do texto por meio de aspas.

vos apresento. O mais estranho é que nenhum desses meio filósofos concorda quanto à natureza da substância imaterial que admitem. O antagonismo de seus sentimentos seria mesmo, convenhamos, um dos mais fortes argumentos que poderíamos opor-lhes. No entanto, desprezando esse recurso, entrego-me antes ao exame da questão que faz da alma uma substância criada.

Mil perdões, amigos, se no decorrer desta dissertação vejo-me obrigada[1] a admitir, por um momento, esse ser quimérico conhecido pelo nome de Deus. Sabereis, espero, serdes suficientemente justos para vos certificar de que, sendo o ateísmo o mais sagrado de meus sistemas, é apenas por necessidade e momentaneamente que recorro a essas suposições; pois, uma vez que todos os erros se encadeiam no espírito dos que os admitem, temos, frequentemente, de reerguer um para combater e dissipar outro. Portanto, pergunto: dada essa hipótese da admissão de um Deus, onde esse Deus encontrou a essência da alma? Ele a criou, direis. Será, contudo, essa criação possível? Se Deus existisse sozinho, ocuparia tudo, exceto o absurdo nada. Deus, aborrecido com o nada, criou, dizem, a matéria; isto é, deu o ser ao nada. Eis, portanto, tudo ocupado. Dois seres preenchem todo o espaço: Deus e a matéria. Se esses dois seres preenchem tudo, se formam o todo, não há lugar para outras criações, pois é impossível que uma coisa seja e não seja ao mesmo tempo. O espírito então preenche todo o vazio metafísico, a matéria preenche fisicamente todo o vazio sensível, e logo não resta mais espaço para os seres da nova criação, por mais que se reduza sua existência. Aqui, recorrem a Deus e dizem que esse Deus recebe em si essas novas produções. O fato de Deus poder alojar novas substâncias da mesma natureza na esfera espiritual de sua infinidade, significa claramente que sua infinidade não era completa e perfeita, uma vez que sofreu acréscimos. Quem fala em infinidade, fala em exclusão de todo limite; mas um ser que exclui todo limite, não é sujeito a acréscimos.

Se disserem que Deus, por sua onipotência, estreitou sua essência infinita de modo a abrir espaço para substâncias recém-criadas, respondo então que deixou de ser infinito, no estreitamento, quando o lado em que ocorreu deixou transparecer um limite.

Mesmo se Deus pudesse ter recebido em sua esfera as substâncias recém-criadas, continua certo que essa esfera experimentará um vazio quando cada substância dela sair, para, na esfera da matéria, animar um corpo. Esse vazio poderá subsistir para sempre, pois, segundo os amadores desse absurdo, as almas condenadas ao suplício nunca sairão do inferno.

Se Deus preenche continuamente o vazio causado pela ausência de uma alma, é preciso que imprima um efeito retroativo à sua própria substância quando algumas dessas almas voltam à sua esfera. Isso é absurdo, pois um infinito completo como vosso Deus, cujas partes são elas mesmas infinitas, não poderia se estreitar nem se expandir.

Se o vazio causado pela ausência de uma alma não for preenchido, é um nada, pois é preciso que todo espaço contenha espírito ou matéria. No entanto, Deus não pode preencher esse vazio nem com sua própria substância nem com porções de matéria, pois Deus não pode conter matéria. Logo, há partes nulas na divindade.

Aqui nossos adversários adotam um tom mais suave. Quando dizemos, pretendem eles, que Deus criou a alma humana, isso significa apenas que ele a formou... Convenhamos que essa modificação de termos não traz muita mudança à disputa.

Se Deus formou a alma humana, formou-a de alguma essência, recorrendo ao espírito ou à matéria. Não pode ser o espírito, pois existe apenas um, que é o infinito, ou o próprio Deus; ora, é um absurdo para todo mundo supor que a alma seja uma porção da divindade. Prestar um culto a si mesmo é contraditório; é o que ocorreria caso a alma fosse uma porção de Deus. Não é menos absurdo uma substância punir eternamente uma porção destacada de si mesma. Em suma: nessa hipótese, não me venham falar em inferno ou paraíso, pois seria insensatez Deus punir ou recompensar uma substância que dele emanou.

Deus, portanto, formou a alma de matéria, uma vez que só existe matéria e espírito? Porém, se a alma foi formada de matéria, não pode ser imortal. Deus, se quiserdes, pôde espiritualizar e fazer transparecer a matéria até a impalpabilidade, mas não pôde torná-la imortal, pois o que teve começo há de ter um fim.

Os próprios deístas não podem conceber a imortalidade de Deus a não ser por sua infinidade, e ele somente é infinito por excluir todo limite.

A matéria, mesmo espiritualizada, não deixa de ser divisível, uma vez que a divisibilidade é essencial à matéria e que a espiritualização não muda a essência das coisas; ora, o que é divisível está sujeito a alterações, e o que é suscetível de sofrer alterações não é permanente e muito menos imortal.

Nossos adversários, encurralados por todas essas objeções, lançam mão da onipotência de Deus. Basta-nos, dizem, ter certeza de sermos dotados de uma alma espiritual e imortal; pouco nos importa saber como e quando foi criada. O que há de constante, acrescentam, é que, por suas faculdades, não a podemos julgar de outra substância senão a que se supõe aos espíritos angélicos.

Recorrer constantemente à onipotência, como fazem os teístas, não seria abrir a porta a todos os abusos? Não seria introduzir um pirronismo universal em todas as ciências? Pois, afinal, se a onipotência age contra as leis que ela mesma, dizem, determinou, nunca poderei ter certeza de que um círculo não é um retângulo, uma vez que ela poderá fazer com que a figura que tenho debaixo de meus olhos seja ao mesmo tempo um e outro.

A parte mais sã dos teístas, ao sentir o quanto repugnava à razão supor ser a alma uma substância semelhante à de seu Deus, não hesitou em dizer que era uma substância, uma enteléquia de forma particular, tomada não se sabe onde, e, a respeito de nossas objeções, que, com a exceção de Deus o qual, por causa de sua infinidade excluindo todo limite, não tinha forma, tudo que restava na natureza havia de ter uma figura e, por conseguinte, uma extensão, confessando sem dificuldade que a alma humana tem uma extensão, partes, um movimento local, etc. Mas basta de argumentar contra nossos adversários. Eles nos concedem, como vimos, que a alma tem uma extensão, que é divisível, que tem partes; isto é o suficiente para nos levar a acreditar que aqueles mesmos que sustentam sua imortalidade não estão muito convencidos de sua espiritualidade e que essa opinião é insustentável. É hora de convencer-vos disto.

Quem fala em matéria espiritual, fala em ser ativo, penetrante, sem que se possa perceber, no corpo em que penetra, vestígio algum de sua passagem. Estaria nossa alma dentro dessa hipótese? Ela vê sem ver, escuta sem dar ouvidos, move-nos sem mover a si mesma. Ora, tal ser não pode existir sem reverter a ordem social.

Para comprová-lo, pergunto de que modo as almas veem. Uns responderam que as almas viam tudo na divindade, como num espelho em que os objetos se refletem. Outros disseram que o conhecimento era-lhes tão natural quanto as outras qualidades de que são dotadas. Certamente, é difícil determinar qual dessas duas opiniões é mais absurda. De fato, não seria impossível compreender como uma alma pode conhecer, numa espécie geral, todas as particularidades que nela se encontram e todas as condições dessas particularidades? Suponhamos a alma dotada de um conhecimento do bem e do mal em geral. Essa ciência não lhe bastará para buscar um e abster-se do outro. É preciso, para que um ser se determine constantemente a essa fuga ou a essa busca, que tenha conhecimentos das espécies particulares do bem ou do mal contidas nesse dois gêneros absolutos e gerais. Os partidários do sistema de Scot sustentavam que a alma humana não tinha em si a força de ver, a qual não lhe fora dada quando de sua criação, mas que a alma apenas recebia suas propriedades durante as circunstâncias em que era obrigada a usá-las.

Na suposição precedente, a alma, que tem um conhecimento, nascido com ela, do mal em geral, é uma substância impotente, pois vê o mal que está por vir e dele não se desvia. A matéria, então, é o agente; a alma, o paciente; o que é absurdo. Na opinião de Scot, isso faz com que o homem nada possa prever, o que é falso. Se o homem fosse realmente reduzido a isso, sua condição seria muito inferior à da formiga, cuja previdência é inconcebível. Dizer que o homem imprime o conhecimento na alma, à medida que esta precisa exercer suas faculdades, corresponde a fazer de vosso Deus o autor de todos os crimes; e vos pergunto se essas condições não revoltariam os mais firmes sectários desse Deus.

Os partidários da alma imortal e espiritual veem-se, portanto, reduzidos ao silêncio quanto a saber como e por que meios essa alma vê e conhece as coisas. Entretanto, eles ainda não desistem: a alma humana, dizem, vê e conhece as coisas do mesmo modo que as outras substâncias sutis ou espirituais que têm a mesma natureza que elas; o que, como podemos observar, corresponde a dizer absolutamente nada.

Ao se defender uma opinião falsa, as dificuldades renascem à medida que pensamos derrubá-las. Se a alma humana não possui a faculdade de penetrar os objetos presentes nem a de representar os ausentes que desconhece e deles formar-se ideias verdadeiras segundo as quais possa julgar de suas disposições interiores, se ela não pode receber impressões a não ser pela presença sensível dos objetos, e se ela não pode julgar de sua qualidade a não ser pelos sintomas exteriores que os caracterizam, seu intelecto não tem, então, mais perspicácia nem mais propriedades do que o instinto dos brutos que buscam ou fogem de certos objetos, segundo os movimentos que neles excitam as leis inalteráveis da simpatia ou da antipatia. Se assim for, como tudo o comprova, como é impossível duvidar, como, então, podem os homens ter a loucura de conceber uma criatura formada por duas substâncias distintas, quando os animais, que contemplam como puras máquinas materiais, estão dotados, em razão do lugar que ocupam na cadeia dos seres, de todas as faculdades que notamos na espécie humana!? Um pouco menos de vaidade e alguns instantes de reflexão sobre si mesmo bastariam para o homem se convencer de que nada tem a mais do que os outros animais a não ser o que convém à sua espécie na ordem das coisas; e que uma propriedade indispensável do ser ao qual está vinculada não é um presente gratuito de seu fabuloso autor, mas uma das condições essenciais desse ser, sem a qual não seria o que é.

Renunciemos, assim, ao ridículo sistema da imortalidade da alma, feito para ser constantemente tão desprezado quanto o da existência de um Deus tão falso, tão ridículo quanto ele.

Tradução Alain François

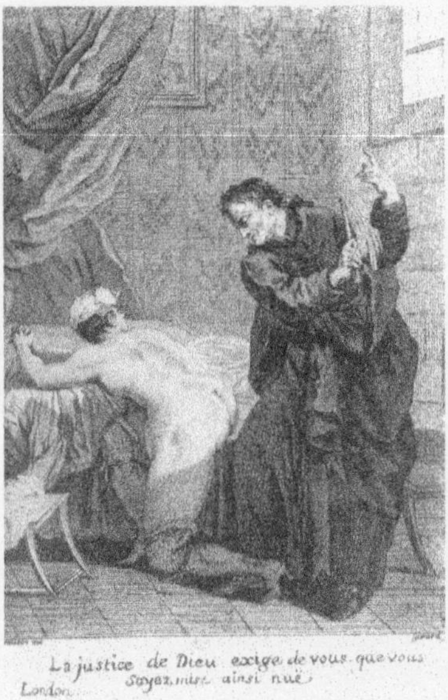

Les amours du père Girard et de la cadière.
Gravuras em água-forte anônimas, mas assinadas do nome dos protagonistas ou do nome dos jesuítas Escobar e Molinos.

DO INFERNO

Por vezes, vemo-nos obrigados, não a admitir, mas a supor certos dogmas, de modo a poder combater outros. Para aniquilar aos vossos olhos o dogma estúpido do inferno, é preciso que me permitais, por um instante, restabelecer a quimera deísta. Obrigada[1] a usá-la como ponto de apoio nesta importante dissertação, preciso conceder-lhe absolutamente uma existência momentânea: ireis perdoar-me, espero, mais facilmente ainda, por certamente não supordes que eu acredite nesse abominável fantasma.

Confesso que o dogma do inferno é, em si, tão desprovido de verossimilhança e que todos os argumentos que se pretende estabelecer para sustentá-lo são tão frágeis e contradizem tão manifestamente a razão, que quase enrubescemos de ter de combatê-lo. Pouco importa, arranquemos impiedosamente aos cristãos até a esperança de acorrentar-nos de novo aos pés de sua religião atroz e mostremo-lhes que o dogma sobre o qual se apoiam mais imperiosamente para apavorar-nos, dissipa-se, como todas suas outras quimeras, diante do mais fraco lampejo do archote da filosofia.

Os primeiros argumentos de que se servem para estabelecer essa farsa perniciosa são:

1° Que o pecado, por ser infinito e em consideração ao Ser ofendido, merece, por conseguinte, castigos infinitos; que, tendo Deus ditado leis, é parte de sua grandeza punir quem as transgredir.

2° A universalidade dessa doutrina e a maneira segundo a qual é anunciada na Escritura.

3° A necessidade desse dogma para conter pecadores e incrédulos.

Eis as bases que precisamos aniquilar.

Ireis convir, lisonjeio-me, que a primeira se destrói naturalmente pela desigualdade dos delitos. Segundo essa doutrina, o mais leve erro seria punido assim como o mais grave: ora, pergunto se é possível, admitindo um Deus justo, supor uma iniquidade dessa espécie? Quem, por sinal, criou o homem? Quem lhe deu as paixões que os tormentos do inferno devem punir? Não foi vosso Deus? Assim, portanto, cristãos imbecis, admitis que por um lado esse Deus ridículo confere aos homens inclinações que é obrigado a punir por outro? Será que ignorava que essas inclinações haviam de ultrajá-lo? Se sabia disso, por que então conceder-lhes esse tipo de pendores? E se não sabia, por que puni-los por um erro que compete apenas a ele?

De acordo com as condições reputadas necessárias à salvação, parece evidente que seremos bem mais certamente danados do que salvos. Pois eu ainda pergunto se ter colocado sua obra frágil e infeliz numa posição tão cruel faz parte da tão alardeada justiça do vosso Deus e, segundo esse sistema, como vossos doutores ousam afirmar que a felicidade e a infelicidade eternas apresentam-se igualmente ao homem e não dependem senão de sua escolha? Se a maior porção do gênero humano está destinada a ser eternamente infeliz, um Deus que tudo sabe devia sabê-lo. Dito isso, por que, então, o monstro nos criou? Foi por obrigação? Logo, não é mais livre. Foi de propósito? Logo, é um bárbaro. Não, Deus não tinha obrigação nenhuma de criar o homem, e se o fez apenas para submetê-lo a um tal destino, a propagação de nossa espécie torna-se, então, o maior dos crimes e nada será mais desejável do que a extinção total do gênero humano.

Entretanto, se esse dogma vos parece, um instante que seja, necessário à grandeza de Deus, pergunto por que esse Deus tão grande e tão bom não deu ao homem a força necessária para safar-se do suplício. Não é cruel da parte de Deus deixar ao homem a faculdade de se perder eternamente? Encontrareis algum dia um meio de livrar vosso Deus da acusação fundamentada de ignorância e de maldade?

Se todos os homens são obras iguais da divindade, por que todos não concordam quanto ao tipo de crimes que devem valer ao homem essa eternidade de suplícios? Por que o hotentote é condenado pelo mesmo motivo que vale o paraíso ao chinês e o que faz com que este garanta o céu em algo que leva o cristão ao inferno? Querer relatar as opiniões variadas dos pagãos, dos judeus, dos maometanos, dos cristãos, quanto aos meios que se devem empregar para escapar aos suplícios eternos e obter a felicidade, e descrever as invenções pueris e ridículas imaginadas para tanto seria um exercício sem-fim.

A segunda das bases dessa ridícula doutrina é a maneira segundo a qual é anunciada nas Escrituras e sua universalidade.

Abstemo-nos mesmo de acreditar que a universalidade de uma doutrina possa jamais tornar-se um título a seu favor. Não há loucura, não há extravagância que não tenha sido geralmente aceita no mundo. Nenhuma deixou de ter admiradores e crentes; enquanto houver homens, haverá loucos e enquanto houver loucos, haverá deuses, cultos, um paraíso, um inferno, etc. Porém, as Escrituras o anunciam! Admitamos, por um momento, que os livros assim chamados tenham alguma autenticidade, e que algum respeito lhes seja verdadeiramente devido. Já disse que temos, por vezes, de reedificar certas quimeras para conseguir combater outras. Pois bem. Começarei objetando ser muito duvidoso que as Escrituras falem disso. Supondo, entretanto, que assim seja, o que dizem apenas pode-se dirigir àqueles que têm conhecimento das Escrituras e as admitem como infalíveis. Aqueles que não as conhecem ou que se recusam a nelas acreditar, não podem ser convencidos por sua autoridade. No entanto, não dizem que aqueles que não têm o menor conhecimento dessas Escrituras, ou aqueles que nelas não acreditam se expõem tanto aos castigos eternos como aqueles que as conhecem ou nelas acreditam? Ora, pergunto-vos se há no mundo alguma injustiça maior do que essa?

Dir-me-ei, talvez, que povos para os quais vossas absurdas Escrituras eram totalmente desconhecidas não deixaram de acreditar nos castigos eternos numa vida futura. Embora isso seja verdadeiro em alguns povos, muitos outros não tiveram qualquer conhecimento desses dogmas: mas como um povo que desconhecia a Bíblia pôde chegar a ter essa opinião? Não me dirão, espero, tratar-se de uma ideia inata; se assim fosse, seria comum a todos os homens. Não sustentarão, penso, ser isso obra da razão; pois, certamente, a razão não ensinaria ao homem que para erros finitos sofrerá penas infinitas; não é revelação, pois o povo que supomos não a teve. Esse dogma, convenhamos, somente chegou ao povo que acabamos de admitir por meio da instigação de seus sacerdotes ou de sua imaginação. Dito isso, pergunto-vos: o que pode haver de sólido nisso!

A quem imaginasse que a crença nos castigos eternos tivesse sido transmitida por tradição a povos que não a receberam das Escrituras, poderemos perguntar de onde aqueles mesmos que, na origem, difundiram essa opinião a receberam; e se não se pode pensar que foi por revelação divina, teremos de admitir que essa opinião gigantesca apenas surge do desregramento da imaginação ou da patifaria.

Supondo que a Escritura, *supostamente santa*, anuncia aos homens castigos numa vida futura, e admitindo esse fato como uma verdade incontestável, não poderíamos perguntar como os autores da Escritura conseguiram saber que tais castigos existem? Não deixarão de responder que foi por inspiração; o que convém maravilhosamente, mas aqueles que não foram favorecidos por essa iluminação particular tiveram, portanto, de confiar em outros. Ora, peço-vos, dizei-me que confiança se pode ter em pessoas que, de um fato de tanta importância, vos dizem: acredito nisso porque fulano me disse ter sonhado com isso. Então, é isso que absorve, que torna arredios e tímidos metade dos homens? Isso que os impede de entregarem-se às mais doces aspirações da natureza? A que ponto chegou o desvario e o absurdo! Entretanto, vossos inspirados não falaram com todo o mundo: a maioria do gênero humano ignora seus sonhos. Contudo, não estariam todos os homens tão interessados em se certificar da realidade desse dogma quanto os autores da Bíblia ou seus asseclas? Por que não poderiam ter todos a mesma certeza a esse respeito? Todos têm interesse em inteirar-se quanto aos castigos eternos. Por que será, então, que Deus não deu esse conhecimento sublime a todos, direta e imediatamente, sem a ajuda e participação de pessoas que podem ser suspeitas de fraude ou erro? Pergunto se o fato de ter feito exatamente o contrário caracteriza a conduta de um ser que me retratais como infinitamente bom e sábio? Bem longe disso, não acarretará essa conduta todos os atributos da tolice e da maldade? Todos os governos, ao erigir leis que atribuem penas contra os infratores, lançam mão de todos os meios possíveis para tornar essas leis e castigos conhecidos. Pode-se razoavelmente castigar um homem por uma infração a uma lei que desconhece? O que devemos concluir dessa série de verdades? Que o sistema do inferno nunca foi outra coisa senão o resultado da maldade de alguns homens e da extravagância de muitos outros.

A terceira base desse dogma horrendo é sua necessidade para conter pecadores e incrédulos.

Se a justiça e a glória de Deus exigissem a condenação de pecadores e incrédulos a tormentos eternos, não resta dúvida que a justiça e a razão exigiriam também que fosse do poder de uns não pecarem e do poder de outros não serem incrédulos; ora, qual ser é absurdo o bastante para pretender que o homem seja livre? Quem se cega a ponto de não ver que, impelidos em todas nossas ações, não dominamos nenhuma e que o Deus de quem recebemos esses grilhões seria (supondo sua existência, o que não faço, como veem, senão com desgosto), digo, o mais injusto e bárbaro dos seres, se nos punisse por nos tornarmos, apesar de nós mesmos, vítimas das contingências em que sua mão inconsequente nos mergulha com prazer.

Não está claro que é o temperamento dado pela natureza aos homens, as circunstâncias de sua vida, sua educação, suas sociedades, que determinam suas ações e sua inclinação para o bem ou o mal? Mas se assim for, objetar-se-á, talvez, não são as punições que lhes infligimos nesse mundo, em razão de sua má conduta, igualmente injustas? Certamente o são. Mas aqui o interesse geral prevalece sobre o interesse particular. É dever das sociedades apartar de seu seio os malvados capazes de prejudicá-las; e é isso que justifica leis, as quais, vistas apenas pela perspectiva do interesse particular, seriam monstruosamente injustas. Ora, tem vosso Deus as mesmas razões para punir o malvado? Não, sem dúvida. Nada tem a temer pelas maldades do homem que é assim apenas porque agradou a esse Deus criá-lo desse modo. Seria, portanto, atroz infligir-lhe tormentos por ter se tornado na terra o que aquele Deus execrável bem sabia que se tornaria, Deus que pouco se importava que ele assim se tornasse.

Provaremos agora que as circunstâncias que determinam as crenças religiosas dos homens escapam totalmente a seu poder.

Começo perguntando se somos senhores de vir à luz em tal ou tal clima? E se, após nascermos num culto qualquer, depende de nós sujeitar-lhe nossa fé? Haverá uma única religião que receba sua luz das paixões? E não são as paixões, oriundas de Deus, preferíveis às religiões que nos provêm dos homens? Que Deus bárbaro seria este que nos puniria eternamente por termos duvidado da verdade de um culto cuja admissão aniquila em nós por meio das paixões que o destroem a cada momento? Que extravagância! Que absurdo! E como não se arrepender pelo tempo perdido a dissipar tais trevas?

Iremos mais longe ainda e não deixaremos, se for possível, qualquer saída aos partidários estúpidos do mais ridículo dos dogmas.

Se dependesse de todos os homens ser virtuoso e acreditar em todos os itens de sua religião, ainda seria preciso examinar se é justo que homens sejam eternamente punidos, quer por causa de sua fraqueza, quer por causa de sua incredulidade, quando permanece certo que nenhum bem pode resultar desses suplícios gratuitos.

Afastemos o preconceito para decidir essa questão e reflitamos principalmente sobre a equidade que admitimos nesse Deus. Não seria disparate dizer que a justiça desse Deus requer a eterna punição dos pecadores e incrédulos? A ação de punir os erros com severidade desmedida não estaria relacionada mais à vingança e à crueldade do que à justiça? Assim, pretender que Deus pune desse modo constitui obviamente uma blasfêmia. Como poderia esse Deus, retratado como bom, glorificar-se de punir assim as fracas obras de suas mãos? Certamente aqueles que pretendem ser isso uma exigência da glória de Deus não percebem o quanto essa doutrina é descabida. Falam em glória de Deus e não conseguem ter a menor ideia a respeito. Se fossem capazes de julgar a natureza dessa glória, se conseguissem ter dela noções razoáveis, sentiriam que, caso esse ser exista, não poderia assentar sua glória senão na sua bondade e sabedoria, e no poder ilimitado de comunicar a felicidade aos homens.

Acrescentam, em segundo lugar, para confirmar a execrável doutrina das penas, que esta foi adotada por muitos homens profundos e sábios teólogos. Começo por negar esse fato: a maioria entre eles duvidou desse dogma. E se o resto pareceu dar-lhe fé, os motivos para tanto ficam óbvios: o dogma do inferno era um jugo, mais um grilhão com o qual os sacerdotes queriam sobrecarregar os homens. Conhece-se o império do terror sobre as almas e sabe-se que a política precisa sempre do terror, desde que se trate de subjugar.

Mas proviriam esses livros supostamente santos, que mencionais, de uma fonte bastante pura para não podermos rejeitar o que nos oferecem? O exame mais superficial basta para nos convencer de que, muito longe de serem, como ousam pretender, a obra de um Deus quimérico que nunca escreveu nem falou, eles são, pelo contrário, a obra de homens fracos e ignorantes e que, nessa perspectiva, não merecem senão desconfiança e desprezo. Entretanto, supondo que esses escritores tivessem algum bom-senso, qual seria, peço-vos, o homem néscio a ponto de apaixonar-se a favor de tal ou qual opinião, apenas porque a encontrou num livro? Sem dúvida, pode adotá-la, mas repito que apenas um louco seria capaz de sacrificar-lhe sua felicidade e a tranquilidade de sua vida. Por sinal, se opuserdes-me o conteúdo de vossos livros supostamente santos a favor dessa opinião, provarei a opinião contrária a partir desses mesmos livros.

Abro o Eclesiastes e nele leio:

"A condição dos homens é a mesma dos animais. O que sucede aos homens e aos animais é a mesma coisa. Tal é a morte para uns e para outros. Todos respiram igualmente; e o homem não tem vantagem sobre os animais, porque tudo é vaidade, tudo vai para o mesmo lugar, tudo foi feito do pó e ao pó retornará." (Eclesiastes, Cap. III, v 18, 19 e 20).

Haverá algo mais determinante contra a existência de outra vida do que essa passagem? Haverá algo mais adequado para sustentar a opinião contrária à da imortalidade da alma e do dogma ridículo do inferno?

Que reflexões surgem, no homem sensato, ao examinar essa fábula absurda da eterna condenação do homem no paraíso terrestre, por ter comido o fruto proibido? Por mais minuciosa que essa fábula seja, por mais repugnante que a achemos, que me permitam deter-me nela por um momento, uma vez que é dela que se parte para admitir as penas eternas do inferno. Será preciso algo além do exame imparcial desse absurdo para reconhecer seu vazio? Ó meus amigos! Pergunto-vos, um homem cheio de bondade plantaria em seu jardim uma árvore que produzisse frutos deliciosos, embora envenenados, e contentar-se-ia em proibir seus filhos de comê-los, dizendo-lhes que morreriam se neles tocassem? Se soubesse que tal árvore existisse em seu jardim, esse homem prudente e sábio não teria tido antes o cuidado em arrancá-la, ainda mais sabendo que seus filhos não deixariam de morrer se comessem esse fruto e de lançar sua prosperidade na miséria? Entretanto, Deus sabe que o homem estará perdido, ele e sua raça, caso comer desse fruto: não apenas incute nele o poder de ceder, mas leva a maldade ao ponto de deixar que seja seduzido. Ele sucumbe e está perdido, fazendo o que Deus permitiu que fizesse, o que Deus o convidou a fazer, e ei-lo eternamente desgraçado. Haverá algo no mundo mais cruel e mais absurdo? Sem dúvida, repito, não me dedicaria a combater tal absurdo, se o dogma do inferno, do qual quero aniquilar o mais leve traço em vossas mentes, não fosse uma horrenda sequela disso.

Não vejamos em tudo isso senão alegorias que podem nos divertir um instante, mas nas quais seria odioso acreditar e das quais não deveria nem mesmo ser permitido falar a não ser como se faz das fábulas de Esopo ou das quimeras de Milton, com a diferença que estas são pouco importantes enquanto aquelas, ao tentar cativar nossa confiança e perturbar nossos prazeres, tornam-se o mais evidente dos perigos, sendo preciso aniquilá-las até o ponto de nunca mais nos preocuparmos com elas.

Convencemo-nos realmente, portanto, que tanto esses fatos quanto os registrados no insípido romance conhecido pelo nome de *Santa Escritura* não passam de mentiras abomináveis, dignas do mais profundo desprezo e das quais não devemos tirar a menor consequência quanto à felicidade ou infelicidade de nossa vida. Persuadamo-nos de que o dogma da imortalidade da alma, que precisaram admitir antes de destinar essa alma a penas ou recompensas eternas, é a mais insípida, a mais grosseira, a mais indigna de todas as mentiras que se possa fazer; de que tudo perece em nós como nos animais e que, por esse motivo, qualquer que tenha sido nossa conduta neste mundo, não seremos mais felizes nem mais infelizes após termos estado nele pelo tempo que agradar à natureza.

Disseram que a crença nos castigos eternos era absolutamente necessária para conter os homens e que é preciso, por esse motivo, cuidar para não destruí-la. Mas se é evidente que essa doutrina é falsa, se ela não resiste a um exame, não seria infinitamente mais perigoso do que útil sustentar com ela a moral? E como não apostar que ela irá prejudicar mais do que trazer o bem, assim que o homem, após tê-la apreciado, entregar-se ao mal por reconhecer-lhe a falsidade? Não seria mil vezes melhor não haver freios, do que ter um que se rompe tão facilmente? No primeiro caso, a ideia do mal talvez não lhe ocorresse; ela lhe ocorrerá certamente quando o freio se romper, uma vez que isso produz um prazer suplementar e que a perversidade do homem é tal que este nunca aprecia tanto o mal e nunca a ele se apega com mais prazer do que quando acredita encontrar um obstáculo ao abraçá-lo.

Aqueles que refletiram cuidadosamente a respeito da natureza do homem terão de convir que todos os perigos, todos os males, por maiores que possam ser, perdem muito de seu poder quando são afastados e parecem menos perigosos que os pequenos, quando estes estão debaixo de nossos olhos. Não é evidente que os castigos próximos são muito mais eficazes e muito mais apropriados para afastar os crimes do que os castigos por vir? Com respeito aos erros sobre os quais nenhuma lei incide, os homens não se afastam deles de modo muito mais eficiente por motivos de saúde, de decência, de reputação, e por outras considerações temporais e presentes que têm sob os olhos, do que pelo temor de intermináveis desgraças futuras que só se apresentam a seu espírito raramente e de forma vaga, incerta e fácil de evitar?

Para julgar se o temor de castigos eternos e rigorosos no outro mundo é mais adequado para desviar os homens do mal do que o de castigos temporais e presentes no mundo atual, admitamos, por um momento, que o primeiro desses temores subsistisse eternamente e o outro fosse totalmente abolido. Nessa hipótese, não seria o universo logo inundado de crimes? Admitamos o contrário, supondo que o temor de castigos eternos fosse aniquilado ao passo que o dos castigos visíveis permaneceria em todo seu rigor; e enquanto veríamos esses castigos aplicados infalível e universalmente, não reconheceríamos, então, que esses últimos agem com muito mais força nos espíritos dos homens e influenciam muito mais sua conduta do que castigos num futuro remoto, que se esvaecem assim que as paixões se pronunciam?

A experiência cotidiana não nos fornece provas convincentes do pouco efeito que o temor aos castigos em outra vida produz em muitos daqueles que mais se convenceram disto? Não há povos mais convencidos do dogma da eternidade das penas do que os espanhóis, os portugueses e os italianos. E, no entanto, haverá povos mais dissolutos? Enfim, onde se cometem mais crimes secretos do que entre os sacerdotes e os monges, isto é, entre aqueles que parecem mais convencidos das verdades religiosas? E isso não provaria evidentemente que os bons efeitos produzidos pelo dogma dos castigos eternos são muito raros e incertos? Veremos que esses efeitos nefastos são inúmeros e certos. De fato, uma tal doutrina, ao encher a alma de amargura, lança sobre ela as mais revoltantes noções da Divindade: endurece o coração, mergulhando-o num desespero prejudicial a essa Divindade à qual pretendem sustentar com esse dogma. Esse dogma horrendo leva, pelo contrário, ao ateísmo, à impiedade: todas as pessoas razoáveis acham muito mais simples não acreditar em Deus do que admitir um, suficientemente cruel, inconsequente e bárbaro para ter criado os homens com o único desígnio de mergulhá-los eternamente na infelicidade.

Se quereis um Deus na base de vossa religião, façais ao menos com que seja sem defeitos; se for cheio deles, como o vosso, logo se irá detestar a religião que ampara, e, por vossa combinação errada, tereis necessariamente prejudicado ambos.

Será possível que uma religião possa ser acreditada, respeitada por muito tempo quando está fundamentada na crença em um Deus que deve punir eternamente um número infinito de suas criaturas por causas de inclinações que ele mesmo inspirou? Qualquer homem convencido desses princípios horrendos deve viver no temor incessante de um ser que quer torná-lo eternamente miserável. Dito isso, como poderá ele jamais amar ou respeitar tal ser? Se um filho imaginasse que seu pai fosse capaz de condená-lo a tormentos cruéis, ou se recusasse a livrá-lo deles, embora podendo fazê-lo, teria para com ele respeito ou amor? Não seria legítimo que as criaturas formadas por Deus esperassem dele muito mais sua bondade do que crianças por parte de um pai, por mais indulgente que este possa ser? Não é a crença em que se encontram os homens de que é da bondade de Deus que recebem todos os bens de que gozam, que esse Deus os conserva e protege, que é ele que lhes proporcionará, em seguida, o bem-estar que esperam, não são ideias como essas que servem de alicerce à religião? Se as abominais, não existe mais religião: donde vedes que vosso dogma estúpido do inferno destrói, em vez de consolidar, abala as bases do culto em vez de firmá-las e que, por conseguinte, apenas tolos puderam acreditar nele e tratantes puderam inventá-lo.

Não duvidemos de que esse ser, do qual ousam falar incessantemente, está verdadeiramente murcho, desonrado pelas cores ridículas às quais os homens recorrem para retratá-lo. Se não tivessem ideias absurdas e disparatadas da Divindade, não a suporiam cruel; e se não a achassem cruel, não imaginariam que fosse capaz de puni-los por tormentos infinitos, ou mesmo que pudesse consentir que as obras de suas mãos fossem eternamente privadas de felicidade.

Para eludir a força desse argumento, os partidários do dogma da danação eterna dizem que a infelicidade dos reprovados não é um castigo arbitrário por parte de Deus, mas uma consequência do pecado e da ordem imutável das coisas. E como sabeis disso, pergunto-vos então? Se pretendeis que a Escritura vos instrua a respeito, qual não será vosso embaraço quando se tratar de prová-lo? E se conseguísseis encontrar um único trecho que fale disso, quantas coisas não vos perguntaria, por minha vez, para me convencer da autenticidade, da santidade, da veracidade da pretensa passagem que encontraríeis em seu favor. Seria a razão a sugerir esse dogma atroz? Dizei-me, nesse caso, como conseguis aliá-lo com a injustiça de um Deus que forma uma criatura, embora esteja certo de que os decretos imutáveis das coisas devam eternamente envolvê-la num oceano de desgraças. Se for verdadeiro que o universo foi criado, e é governado, por um ser infinitamente poderoso, infinitamente sábio, é absolutamente necessário que tudo concorra a seus objetivos e reverta para o maior bem. Ora, que bem pode resultar, para maior vantagem do universo, do fato de uma criatura fraca e infeliz ser eternamente atormentada por erros que nunca dependeram dela?

Se a multidão de pecadores, de infiéis, de incrédulos fosse realmente destinada a sofrer tormentos cruéis e sem fim, que horrível cena de miséria para a raça humana! Bilhões de homens seriam impiedosamente sacrificados em suplícios infinitos. Aí sim, de fato, a sorte de um ser sensível e razoável como o homem tornar-se-ia realmente horrível. O quê? Não há bastante pesares aos quais está condenado nessa vida, teria de temer ainda penas e tormentos horrorosos quando acabasse seu percurso? Que horror! Que execração! Como podem tais ideias entrar no espírito humano e como não se convencer de que são somente o fruto da impostura, da mentira e da mais bárbara política? Ah, não deixemos de nos convencer de que essa doutrina, sem ser útil, necessária, ou eficiente para desviar os homens do mal, só pode, absolutamente, servir de base a uma religião cuja única meta seria domar seus escravos; compenetremo-nos bem da ideia de que esse dogma execrável tem as mais deploráveis consequências, uma vez que não é adequado senão para encher a vida de amargura, de terrores e de alarmes... para fazer conceber tais ideias da Divindade de modo que não seja mais possível abandonar esse culto, após ter tido a infelicidade de adotar o que o degrada mais formalmente.

Certamente, se acreditarmos que o universo tenha sido criado e seja governado por um ser cujo poder, sabedoria e bondade sejam infinitos, temos de concluir que todo mal absoluto deve ser necessariamente excluído desse universo. Ora, não resta dúvidas de que a infelicidade eterna da maioria dos indivíduos da espécie humana seria um mal absoluto. Que papel infame fazeis esse Deus abominável desempenhar, ao supô-lo culpado de tal barbárie! Em suma: suplícios eternos repugnam à bondade infinita do Deus que admitis. Logo, não me forceis a acreditar nela ou então suprimi vosso dogma das penas eternas, se quiserdes que eu adote vosso Deus por um instante. Não tenhamos mais fé no dogma do paraíso do que no do inferno: ambos são invenções atrozes de tiranos religiosos que pretendiam acorrentar a opinião dos homens e mantê-los curvados sob o jugo despótico dos soberanos. Persuadamo-nos de que somos apenas matéria, de que não existe absolutamente nada fora de nós; de que tudo que atribuímos à alma não passa de um efeito muito simples da matéria; e isso apesar do orgulho dos homens, o qual nos distingue dos animais, ao passo que, como eles, devolvendo à matéria os elementos que nos animam, não seremos nem mais unidos pelas más ações às quais nos impeliram os diferentes tipos de organizações que recebemos da natureza, nem mais recompensados pelas boas, cujo exercício apenas deveremos a um tipo de organização oposto. Não importa, portanto, conduzir-se bem ou mal, se considerarmos a sorte que nos espera após essa vida; e se conseguirmos passar todos nossos momentos no centro dos prazeres, embora essa maneira de viver possa perturbar todos os homens, todas as convenções sociais, certamente, se não infringirmos as leis, a única coisa essencial, então, com toda a certeza, seremos infinitamente mais felizes do que o imbecil que, por temer castigos numa outra vida, terá se proibido rigorosamente nesta tudo que possa lhe agradar e proporcionar deleite. Ser mais feliz nesta vida, de que temos certeza, é infinitamente mais essencial do que renunciar a esta felicidade assegurada, na esperança de obter outra, imaginária, da qual não temos nem podemos ter a mais leve ideia. Ah, que indivíduo foi suficientemente extravagante para tentar convencer os homens de que podem se tornar mais infelizes após esta vida do que eram antes de tê-la recebido? Seriam estes, portanto, que pediram para vir à luz? Seriam eles que se deram paixões que, segundo vosso horrendo sistema, os precipitam nos tormentos eternos? Mas como? Eles não eram senhores de nada, sendo impossível que possam jamais ser punidos por algo que deles não dependia.

Não bastará dar uma olhada em nossa miserável espécie humana, para melhor nos convencer de que nada nela anuncia a imortalidade? O quê? Poderia essa qualidade divina, melhor dizendo, essa qualidade impossível à matéria, pertencer a esse animal que chamamos de homem? Aquele que bebe, come, perpetua-se como os animais, que tem por único trunfo um instinto um pouco mais refinado poderia aspirar a uma sorte tão diferente da desses mesmos animais? Pode-se admitir isso um minuto sequer? Mas o homem, dizem, chegou ao sublime conhecimento de seu Deus; apenas por isso afirma ser digno da imortalidade que supõe para si. E o que tem de sublime esse conhecimento de uma quimera, a não ser que pretendeis que o homem, tendo chegado ao ponto de desvairar sobre um objeto, tenha de desvairar a respeito de tudo? Ah, se o infeliz tem alguma vantagem sobre os animais, quantas estes não têm, por sua vez, sobre ele? Não está ele sujeito a maior número de enfermidade e doenças? Não é ele vítima de muito mais paixões? Afinal, será que ele tem mesmo alguma vantagem a mais? E pode essa pouca vantagem conferir-lhe o orgulho suficiente para que acredite poder sobreviver eternamente a seus irmãos? Ó infeliz humanidade! A que ponto de extravagância teu amor-próprio te levou? E a partir de quando, livre de todas essas quimeras, começarás a ver em ti mesma um animal, em teu Deus, o *nec plus ultra* da extravagância humana, e no curso dessa vida somente uma passagem que te é permitido percorrer no seio do vício como no da virtude?

Mas permiti-me entrar numa discussão mais profunda e espinhosa.

Alguns doutores da Igreja pretenderam que Jesus desceu aos infernos. Como essa passagem foi alvo de refutações! Não entraremos nas diferentes dissertações ocasionadas por esse assunto: sem dúvida seriam insustentáveis para a filosofia, e é somente a esta que nos dirigimos. É fato que nem a Escritura nem quaisquer de seus comentaristas têm posição definida quanto à localização do inferno, nem quanto aos tormentos que lá são infligidos. Posto isto, a palavra de Deus não esclarece nada, uma vez que o que a Escritura nos revela deve ser positivo e distintamente enunciado, particularmente quando se trata de um objeto da maior importância. Ora, está muito certo que não há, nem no texto em hebraico nem nas suas versões em grego e latim, uma única palavra que designe o inferno, na acepção que conhecemos, isto é, lugar de tormentos destinado aos pecadores. Não é esse um testemunho muito forte contra a opinião dos que sustentam a realidade desses tormentos? Se não há referências ao inferno na Escritura, com que direito, peço-vos, pretende-se admitir uma tal noção? Seríamos obrigados, em matéria de religião, a admitir outras coisas além do que está escrito? Ora, se essa opinião não consta, se não a encontramos em lugar algum, em virtude de quê a aceitaríamos? Não devemos ocupar nosso espírito com o que não foi revelado. Tudo que não se inclui nisso só pode ser por nós considerado fábulas, vagas suposições, tradições humanas, invenções da impostura. Entretanto, de tanto buscar, descobre-se que havia um lugar, perto de Jerusalém, chamado de vale de Geena, no qual eram executados os criminosos e no qual também jogavam os cadáveres dos animais. É a esse lugar que Jesus faz referência em suas alegorias, quando diz: *Illic erit fletus et stridor dentium*. Esse vale era um lugar de pena,[2] um lugar de suplício; e é incontestavelmente dele que fala em suas parábolas, em seus discursos ininteligíveis. Essa ideia ganha mais verossimilhança se soubermos que o suplício do fogo era usado nesse vale. Os culpados eram queimados vivos. Outras vezes eram enfiados no esterco até os joelhos e colocava-se em seu pescoço uma pequena peça de tecido que dois homens puxavam cada um de seu lado de modo a estrangulá-lo e fazê-lo abrir a boca, onde despejavam chumbo fundido que lhes queimava as entranhas. Este é o fogo de que o galileu falava. *Este pecado* (costumava dizer) *merece ser punido com a pena do fogo.* Isto é: o infrator deve ser queimado no vale da *Geena* ou jogado no monturo e queimado com os cadáveres dos animais que eram depositados nesse lugar. Mas, e a palavra *eterno*, à qual Jesus faz tanta referência ao falar desse fogo, será que não corrobora a opinião dos que acreditam serem infindáveis as chamas do inferno? Não, sem dúvida. Essa palavra *eterno*, muito usada na Escritura, nunca transmitiu senão a ideia das coisas finitas. Deus fizera com seu povo uma aliança eterna. No entanto, essa aliança acabou. As cidades de Sodoma e Gomorra deviam queimar eternamente; mas há muito esse incêndio cessou. Por sinal, é de notoriedade pública que o fogo existia no vale da Geena, perto de Jerusalém, e queimava dia e noite. Também sabemos que a Escritura recorre a hipérboles e que nunca se deve levar o que diz ao pé da letra. Deveríamos, segundo esses exageros, corromper, como fazem, o verdadeiro sentido das coisas? E, de fato, não são esses amplificadores que devemos olhar como os mais certos inimigos do bom senso e da razão?

Mas de que natureza será esse fogo com o qual nos ameaçam? 1° Não pode ser corpóreo, uma vez que dizem ser nosso fogo uma fraca imagem dele. 2° Um fogo corpóreo ilumina o lugar em que arde e garantem-nos ser o inferno um lugar de trevas. 3° O fogo corpóreo consome prontamente todas as matérias combustíveis e acaba consumindo a si mesmo, ao passo que o inferno deve durar para todo o sempre e consumir-se eternamente. 4° O fogo do inferno é invisível; sendo invisível, não é corpóreo. 5° O fogo corpóreo apaga-se por falta de alimento e o fogo do inferno, segundo nossa absurda religião, nunca se apagará. 6° O fogo do inferno é eterno e o fogo corpóreo apenas momentâneo. 7° Dizem ser a privação de Deus o maior de todos os suplícios para os amaldiçoados. No entanto, experimentamos nesta vida que o fogo corpóreo é para nós um suplício muito maior do que a ausência de Deus. 8° Finalmente, um fogo corpóreo não poderia agir sobre os espíritos! Ora, os demônios são espíritos; logo, o fogo do inferno não poderia agir sobre eles. Dizer que Deus pode fazer um fogo material agir sobre espíritos, esses espíritos sobreviverem sem alimentos e o fogo durar sem combustíveis, é recorrer a suposições mirabolantes que só tem por garantia as tolas divagações dos teólogos e que, por conseguinte, só comprovam sua tolice e maldade.

Deduzir do fato de tudo ser possível para Deus que ele fará todo o possível é, sem dúvida, uma estranha maneira de raciocinar. Os homens deveriam abster-se mesmo de fundamentar seus devaneios na onipotência de Deus, uma vez que nem sabem o que vem a ser Deus. Para eludir essas dificuldades, outros teólogos nos garantem que o fogo do inferno não é corpóreo mas espiritual. O que vem a ser, peço-vos, um fogo que não é matéria? Que ideias podem ter dele aqueles que dele falam? Em que lugar Deus lhes declarou a natureza desse fogo? No entanto, alguns doutores, para conciliar as coisas, disseram que era em parte espiritual e em parte material. Assim, temos dois fogos de diferentes espécies, no inferno. Que absurdo! A que a religião não se vê obrigada a recorrer para assentar suas mentiras!

Espantoso mesmo é o amontoado de opiniões ridículas que também tiveram de inventar quando quiseram estatuir algo verossímil quanto à localização desse fabuloso inferno. O sentimento geral fora o de que se encontrava nas mais baixas regiões da terra. Entretanto, peço-vos, onde se encontram essas regiões num globo que gira sobre si mesmo? Outros disseram que se encontrava no centro da terra, isto é a mil quinhentas léguas daqui. Contudo, se a Escritura está certa, a terra será destruída; e se for, onde ficará o inferno? Então vedes a que desvario chegamos se confiarmos nos desatinos dos espíritos dos outros. Pensadores menos extravagantes pretenderam, como acabei de dizer, que o inferno consistia na privação da visão de Deus. Nesse caso, o inferno já começa neste mundo, pois nele não vemos esse Deus de que falam; isso, no entanto, não nos aflige muito e se esse Deus estranho realmente existisse assim como o retratam, não resta dúvidas de que o inferno, para os homens, consistiria em vê-lo!

Todas essas incertezas e a falta de acordo que subsiste entre os teólogos vos mostram que vagueiam nas trevas e que, como pessoas ébrias, não conseguem encontrar pontos de apoio; contudo, não é de se surpreender não serem eles capazes de concordar quanto a um dogma tão essencial, o qual encontram, dizem, tão claramente explicado na palavra de Deus?

Convinde, portanto, canalha tonsurada, que esse dogma tão temível é destituído de fundamentos, que é o produto de vossa avareza, de vossa ambição, e o filho dos desatinos dos vossos espíritos; e que não se apoia senão nos temores de imbecis vulgares a quem ensinais a receber, sem exame, o que vos agrada dizer-lhes. Reconhecei finalmente que esse inferno só existe em vossos cérebros e que os tormentos nele infligidos são as inquietações com as quais gostam de oprimir os mortais que por vós se deixam guiar. Compenetrados desses princípios, renunciemos para todo o sempre a uma doutrina pavorosa para os homens, injuriosa para a Divindade, e que, numa palavra, não pode ser razoavelmente comprovada ao espírito.

Vários argumentos ainda se oferecem; vejo-me na obrigação de combatê-los:

1° O temor, dizem, que todo homem sente dentro de si mesmo de qualquer castigo futuro, é uma prova indubitável da realidade desse castigo. Mas esse temor não é inato, apenas provém da educação. Não é igual em todos os países nem em todos os homens; não existe em quem viu as paixões aniquilarem todos os preconceitos. Em suma: a consciência jamais se modifica a não ser pelo hábito.

2° Os pagãos admitiram o dogma do inferno... não como nós, certamente; e supondo que eles o tenham admitido, uma vez que rejeitamos sua religião, não deveríamos também rejeitar seus dogmas? Mas, com certeza, os pagãos nunca acreditaram na eternidade das penas em outra vida; nunca admitiram a lamentável fábula da ressurreição dos corpos, e por isso os queimavam e conservavam suas cinzas em urnas. Acreditavam na metempsicose, na transmigração dos corpos, opinião muito verossímil e que todos os estudos da natureza confirmam; mas os pagãos nunca acreditaram na ressurreição: essa ideia absurda pertence por inteiro ao cristianismo e, certamente, era bem digna dele. Parece certo que foi em Platão e Virgílio que nossos doutores encontraram suas noções dos infernos, do paraíso e do purgatório, que, mais tarde, arranjaram a seu modo. Com o tempo, os devaneios amorfos da imaginação dos poetas transformaram-se em itens de fé.

3° A razão sã prova o dogma do inferno e da eternidade das penas: Deus, sendo justo, deve, portanto, punir os crimes dos homens... Ah, não, não, nunca a razão sã pôde admitir um dogma que a ultraja tão sensivelmente.

4° Mas a justiça de Deus está subordinada a ele... Mais uma atrocidade: o mal é necessário na terra; cabe, portanto, à justiça de vosso Deus, caso exista, não punir o que ele mesmo prescreveu. Se vosso Deus é onipotente, precisava punir o mal para impedi-lo? Não podia extirpá-lo totalmente dos homens? Se não fez isso é que o achou essencial à manutenção do equilíbrio; e, sabendo disso, como, vis blasfemos! podeis dizer que Deus pode punir um modo essencial às leis do universo?

5° Todos os teólogos concordam em acreditar nas penas do inferno e em apregoá-las. Será que isso prova alguma coisa, a não ser que os sacerdotes, tão desunidos entre si, entendem-se cada vez que se trata de enganar os homens. Por sinal, deveriam os devaneios ambiciosos e interesseiros dos sacerdotes romanos fixar as opiniões das outras seitas? Seria razoável exigir que todos os homens acreditassem no que os mais desprezáveis e menos numerosos deles acharam bom inventar? Seria, portanto, preferível confiar nesses velhacos mais do que na razão, no bom-senso e na verdade? É a verdade que é preciso seguir, não a multidão: seria antes preciso confiar num único homem que falasse a verdade do que nos homens de todas as épocas que proferem mentiras.

Os outros argumentos que se apresentam são tão marcados por sua fragilidade, que seria perder tempo refutá-los. Todos esses argumentos, por não se apoiarem na Escritura nem na tradição, hão necessariamente de cair por si mesmos. Alegam o consentimento unânime; como podem, se não encontramos dois homens que raciocinam do mesmo modo sobre uma das coisas mais importantes da vida?

Por falta de boas razões, todos esses papas-Deus ameaçam--vos; mas há muito sabe-se que a ameaça é a arma do fraco e da simplicidade. É de razões que precisamos, estúpidos filhos de Jesus, sim, de razões e não de ameaças. Não queremos que nos digam: *sentireis esses tormentos, já que não quereis acreditar neles.* Queremos, e é por não conseguirdes dar conta disso, que nos demonstrais em virtude do que pretendeis nos fazer acreditar.

O temor do inferno, numa palavra, não é uma precaução contra o pecado... Não há qualquer menção a ele em lugar algum... Não passa, visivelmente, do fruto da imaginação desregrada dos sacerdotes, isto é, dos indivíduos que formam a classe mais vil e maldosa da sociedade... Para que serve, então, esse temor? Desafio quem quer que seja a responder-me. Asseguram-nos ser o pecado uma ofensa infinita e que deve, portanto, ser infinitamente punido. Entretanto, o próprio Deus quis vincular essa ofensa a um único castigo, e esse castigo é a morte.

Concluamos, segundo tudo isso, que o dogma pueril do inferno é uma invenção dos sacerdotes, uma suposição cruel, aventurada por tratantes de amicto, que começaram por erigir um Deus bastante insípido, tão desprezível quanto eles, para se darem o direito de dizer a esse ídolo nojento tudo o que pudesse lisonjear melhor suas paixões e fornecer-lhes, sobretudo, mulheres e dinheiro, únicos objetos da ambição de um monte de vagabundos, escória vil da sociedade, que mais sabiamente agiria purgando-se radicalmente.

Portando, bani para sempre de vossos corações uma doutrina que contradiz igualmente vosso Deus e vossa razão. Este é provavelmente o dogma que produziu mais ateus na terra, não havendo homem algum que não prefira acreditar em nada a adotar um amontoado de mentiras tão perigoso; eis porque tantas almas honestas e sensíveis acreditam serem obrigadas a buscar na irreligião absoluta consolos e recursos contra os terrores com os quais a infame doutrina cristã tenta subjugá-las. Livremo-nos, portanto, desses vãos temores; calquemos para sempre os dogmas, as cerimônias, os mistérios dessa abominável religião. O ateísmo mais enraizado vale mais do que um culto cujos perigos acabamos de expor. Não sei que inconveniente poderia haver em não acreditar em nada; mas, certamente, conheço muito bem os que podem nascer da adoção desses perigosos sistemas.

Tradução Alain François

Gravura da primeira edição ilustrada de Justine *(Holanda, 1797).*

FRANCESES, MAIS UM ESFORÇO SE QUEREIS SER REPUBLICANOS

A religião

Venho vos oferecer grandes ideias; elas serão ouvidas e sobre elas se refletirá. Se todas não agradarem, algumas ao menos ficarão; terei de algum modo contribuído para o progresso das luzes, e ficarei contente. Não o escondo, é com pesar que vejo a lentidão com que tentamos atingir essa meta, é com inquietude que sinto que estamos à véspera de fracassar novamente. Pensa-se que este fim será atingido quando nos tiverem dado as leis? Não acreditemos nisso. Que faríamos das leis sem a religião? Precisamos de um culto, e um culto feito para o caráter de um republicano, bem certos de nunca mais retomar o de Roma. Num século em que estamos tão convencidos de que a religião deve apoiar-se sobre a moral, e não a moral sobre a religião, é preciso uma moral que se dirija aos costumes, que seja como que o seu desenvolvimento, sua consequência necessária, e que possa, elevando a alma, mantê-la perpetuamente à altura dessa liberdade preciosa de que faz hoje seu único ídolo. Pergunto-vos se é possível supor que a religião de um escravo de Tito, a de um vil histrião da Judeia, possa convir a uma nação livre e guerreira que acaba de se regenerar? Não, meus compatriotas, não podeis acreditar nisso. Se o francês, infelizmente para ele, estivesse ainda amortalhado nas trevas do cristianismo, de um lado o orgulho, a tirania, o despotismo dos padres, vícios sempre reincidentes nesta horda impura, e, de outro, a baixeza, a visão estreita, a vulgaridade dos dogmas e dos mistérios desta indigna e fabulosa religião, enfraquecendo o orgulho da alma republicana, em breve o teriam reconduzido ao jugo que sua energia acaba de quebrar.

Não percamos de vista que essa religião pueril era uma das melhores armas nas mãos de nossos tiranos: um de seus primeiros dogmas era: *dar a César o que é de César*. Mas nós destronamos César e não queremos lhe dar mais nada. Franceses, seria em vão vos vangloriar que o espírito de um clero juramentado não deva ser o mesmo de um clero refratário. Há vícios de Estado que jamais se corrigem. Em menos de dez anos, mediante a religião cristã, sua superstição, seus preconceitos, vossos padres, apesar de seu juramento, de sua pobreza, retomariam sobre as almas o império que haviam invadido; eles vos acorrentariam novamente aos reis, pois o poder destes sempre apoiou o outro, e vosso edifício republicano se desmoronaria por falta de bases.

Ó vós que tendes a foice nas mãos, desferi o derradeiro golpe na árvore da superstição; não vos contenteis com podar os ramos: desenraizai de uma vez uma planta cujos efeitos são tão contagiosos; convencei-vos perfeitamente de que vosso sistema de liberdade e de igualdade contraria demasiado abertamente os ministros dos altares de Cristo para que um só deles o adote de boa-fé ou não procure abalá-lo, se chegar a ter de novo qualquer império sobre as consciências. Qual o padre que, comparando o estado a que acabam de reduzi-lo, com o que gozava outrora, não fará tudo o que depender dele para recobrar a confiança e a autoridade que lhe fizeram perder? E quantos seres fracos e pusilânimes não se tornarão logo escravos desse ambicioso tonsurado? Por que não imaginar que os inconvenientes que existiram ainda podem renascer. Na infância da Igreja cristã os padres não eram o que são hoje? Vós vistes aonde chegaram. Quem, no entanto, os conduziu até lá? Não foram os meios que a religião lhes forneceu? Ora, se não proibirdes absolutamente esta religião, os que a pregam, tendo sempre os mesmos meios, logo atingirão os mesmos fins.

Aniquilai, pois, para sempre tudo o que poderá um dia destruir vossa obra. Pensai que, estando o fruto de vossos trabalhos reservado apenas aos vossos descendentes, é vosso dever, vossa probidade, não lhes deixar nenhum desses germes perigosos que poderiam mergulhá-los novamente no caos de onde saímos com tanta dificuldade. Nossos preconceitos já começam a dissipar-se, o povo começa a abjurar os disparates católicos; ele já suprimiu os templos, derrubou os ídolos, concordou que o casamento não passa de um ato civil; os confessionários quebrados abastecem as lareiras públicas; os pretensos fiéis, desertando o banquete apostólico, deixaram os deuses de farinha para os ratos. Franceses, não pareis! A Europa inteira, já com a mão sobre a venda que lhe fascina os olhos, espera de vós um esforço para arrancá-la da fronte. Apressai-vos: não deixais que a *Roma santa*, que se agita em todos os sentidos para reprimir vossa energia, não tenha tempo nem para conservar alguns prosélitos. Golpeai sem piedade sua cabeça orgulhosa e fremente, que, em menos de dois meses, a árvore da liberdade, sombreando os destroços da cadeira de São Pedro, cobrirá com o peso de seus ramos vitoriosos todos os desprezíveis ídolos do cristianismo, descaradamente erguidos sobre as cinzas dos Catões e dos Brutos.

Eu vos repito, franceses: a Europa espera que vós a liberteis de uma vez do *cetro* e do *incensório*. Pensai que é impossível livrá-la da tirania real sem lhe quebrar ao mesmo tempo os freios da superstição religiosa: os laços que unem ambas estão por demais unidos intimamente para que, deixando uma delas subsistir, não tombeis de novo sob o império daquela que tiverdes negligenciado em dissolver. Não é mais aos pés de um ser imaginário ou de um vil impostor que um republicano deve se curvar; seus únicos deuses devem ser doravante a *coragem* e a *liberdade*. Roma desapareceu desde que o cristianismo lá se pregou, e a França estará perdida se nela ainda o venerarem.

Examinemos com atenção os dogmas absurdos, os arrepiantes mistérios, as cerimônias monstruosas, a moral impossível dessa religião repelente, e veremos se ela pode convir a uma República. Acreditais de boa-fé que eu me deixaria levar pela opinião de um homem que acabasse de ver aos pés do imbecil sacerdote de Jesus? Não, não, evidentemente. Este homem, sempre vil pela baixeza de seus fins, estará sempre ligado às atrocidades do antigo regime; desde que ele pode se submeter à estupidez de uma religião tão ordinária como a que tínhamos a loucura de admitir, não poderá mais nem ditar leis nem me transmitir luzes. Não o vejo senão como um escravo dos preconceitos e da superstição.

Para nos convencer dessa verdade, lancemos os olhos sobre os poucos indivíduos que ainda estão ligados ao culto insensato de nossos pais; veremos se não são todos inimigos irreconciliáveis do sistema atual; veremos se não é entre eles que se encontra toda essa casta tão justamente desprezada de *realistas* e *aristocratas*. Que o escravo de um bandido coroado se dobre, se quiser, aos pés de um ídolo de massa: tal objeto é feito para sua alma de lama; quem pode servir aos reis deve adorar os deuses! Mas nós, franceses, nós, meus compatriotas, rastejar humildemente sob freios tão desprezíveis? Antes morrer mil vezes do que nos sujeitar a isso de novo. Já que acreditamos ser um culto necessário, imitemos o dos romanos: ações, paixões, heróis, eis seus respeitáveis objetos. Tais ídolos elevavam a alma, eletrizavam-na; e faziam mais: comunicavam-lhe as virtudes do ser respeitado. O adorador de Minerva queria ser prudente. A coragem estava no coração daquele que se via aos pés de Marte. Nenhum dos deuses desses grandes homens era privado de energia; todos transmitiam à alma daquele que os venerava o fogo de que eles próprios se abrasavam; e, como se tinha esperança de ser um dia também adorado, aspirava-se chegar a ser ao menos tão grande quanto aquele que se tomava por modelo. O que vemos, ao contrário, nos deuses vãos do cristianismo? O que vos oferece essa religião imbecil?* O vulgar impostor de Nazaré vos desperta grandes ideias? Sua imunda e asquerosa mãe, a impudica Maria, vos inspira alguma virtude? Encontrais entre os santos que guarnecem seu Eliseu algum modelo de grandeza, de heroísmo ou de virtude? É tal a verdade, que esta religião estúpida em nada contribui para as grandes ideias que nenhum artista pode empregar seus atributos nos monumentos que eleva. Mesmo em Roma, a maior parte dos enfeites e ornamentos do Palácio dos papas baseia-se nos modelos do paganismo, e, enquanto o mundo existir, apenas ele inflamará a verve dos grandes homens.

*) Se alguém examinar atentamente esta religião verá que as impiedades que nela abundam originam-se em parte da ferocidade e da ignorância dos judeus, e em parte da indiferença e da confusão dos gentios; em vez de se apropriarem do que os povos da antiguidade podiam oferecer de bom, os cristãos parecem ter formado sua religião apenas da mescla dos vícios que encontraram por todo lado.

Encontraremos no teísmo puro maiores motivos de grandeza e elevação? Será a adoção de uma quimera que, dando a nossa alma esse grau de energia essencial às virtudes republicanas, levará o homem a adorá-las e a praticá-las? Não acreditemos nisso, já nos curamos desse fantasma; e o ateísmo é no presente o único sistema dos que sabem raciocinar. Na medida em que fomos nos esclarecendo, sentimos que, o movimento sendo inerente à matéria, o agente necessário para imprimir esse movimento tornava-se um ser ilusório e que, devendo tudo o que existia estar em movimento por essência, o motor era inútil. Sentiu-se que esse deus quimérico, prudentemente inventado pelos primeiros legisladores, não passava em suas mãos de um meio a mais para nos acorrentar, e que, reservando-se o direito de só fazer falar esse fantasma, saberiam fazê-lo dizer apenas o que serviria de apoio às leis ridículas por meio das quais pretendiam nos escravizar. Licurgo, Numa, Moisés, Jesus Cristo, Maomé, todos esses grandes canalhas, todos estes grandes déspotas de nossas ideias, souberam associar às divindades que fabricavam a própria ambição desmesurada, e, certos de cativar os povos com a sanção desses deuses, tiveram sempre, como se sabe, o cuidado de só os interrogar a propósito, ou de os fazer responder o que acreditavam poder servi-los.

Conservemos hoje o mesmo desprezo, tanto pelo deus vão que os impostores pregam como por todas as sutilezas religiosas decorrentes de sua ridícula adoção. Os homens livres não se deixam mais iludir por um chocalho[1] como esse. Que a extinção total dos cultos faça parte dos princípios que propagamos por toda Europa. Não nos contentemos em quebrar os cetros; pulverizemos para sempre os ídolos. A superstição esteve sempre a um passo do realismo*. E é preciso que assim seja, sem dúvida, já que um dos primeiros artigos da sagração dos reis manteve sempre a religião dominante como uma das melhores bases políticas de sustentação

*) Acompanhai a história de todos os povos: vereis que jamais algum deles trocou o governo que tinha por um governo monárquico a não ser em razão do próprio embrutecimento ou superstição. Vereis sempre os reis apoiarem a religião e a religião sagrar os reis. É conhecida a história do intendente e do cozinheiro: *"Passai-me a pimenta, vos passarei a manteiga"*. Ó infelizes humanos, estareis sempre destinados a se parecerem com o chefe desses tratantes!?

do trono. Mas uma vez abatido esse trono, felizmente para sempre, não receemos extirpar também o que lhe servia de apoio.

Sim, cidadãos, a religião é incoerente com o sistema da liberdade; já o sentistes. O homem livre jamais se curvará aos deuses do cristianismo; jamais seus dogmas, seus ritos, seus mistérios ou sua moral convirão a um republicano. Mais um esforço! Já que trabalhais para destruir todos os preconceitos, não deixais subsistir nenhum, se um apenas basta para trazer todos de volta. E como não estar certos quanto ao seu retorno, se aquele que deixais viver é positivamente o berço de todos os outros! Deixemos de acreditar que a religião possa ser útil ao homem. Tenhamos boas leis, e passaremos bem sem a religião. Mas, asseguram, o povo precisa de uma religião; ela o distrai, ela o contém. Agora sim! Dai-nos nesse caso a religião que convém aos homens livres. Devolvei-nos os deuses do paganismo. Adoremos de boa vontade Júpiter, Hércules ou Palas; mas não queremos mais o quimérico autor de um universo que se move por si mesmo, não queremos mais um deus sem extensão e que todavia preenche tudo com sua imensidade, um deus todo-poderoso que jamais executa o que deseja, um ser soberanamente bom que só faz descontentes, um ser amigo da ordem e em cujo governo só há desordem. Não, não queremos mais um deus que perturba a natureza, que é o pai da confusão, que move o homem no instante em que ele se entrega aos horrores. Um deus como este nos faz tremer de indignação e nós o relegamos para sempre ao esquecimento, de onde o infame Robespierre quis tirá-lo*.

Franceses, substituamos este indigno fantasma por imponentes simulacros que fizeram de Roma a senhora do universo; tratemos todos os ídolos cristãos como fizemos com os dos nossos reis. Nós recolocamos os emblemas da liberdade sobre as bases que outrora sustentavam os tiranos; reedifiquemos também a efígie dos grandes homens sobre os pedestais desses velhacos[2] adorados pelo cristianismo**. Cessemos

*) Todas as religiões concordam em nos exaltar a sabedoria e a potência íntimas da divindade; mas assim que elas nos expõem sua conduta, só encontramos imprudência, fraqueza e loucura. Dizem que deus criou o mundo para si mesmo, e, até agora, não conseguiu se fazer honrar convenientemente. Deus nos criou para adorá-lo e passamos os dias caçoando dele! Que deus mais pobre este!...

**) Trata-se aqui apenas daqueles cuja reputação há muito tempo é conhecida.

de temer o efeito do ateísmo em nossas aldeias. Os camponeses não sentiram a necessidade de aniquilamento do culto católico, tão contraditório com os verdadeiros princípios da liberdade? Não viram, sem assombro ou dor, cair por terra seus altares e presbitérios? Ah, podeis acreditar que eles também renunciarão ao seu ridículo deus. As estátuas de Marte, de Minerva e da Liberdade serão colocadas nos lugares mais importantes de suas habitações; uma festa anual celebrar-se-á neles, em que uma coroa cívica será concedida ao cidadão que mais mérito tiver aos olhos da pátria. À entrada de um bosque solitário, Vênus, Himeneu e Amor, erigidos sob um templo agreste, receberão a homenagem dos amantes; aí, será pela mão das Graças que a beleza coroará a constância. Amar apenas não será suficiente para ser digno dessa coroa; será preciso ter merecido sê-lo. Heroísmo, talentos, humanidade, grandeza de alma, um civismo a toda prova, eis os títulos que o amante será obrigado a dispor aos pés da amada; eles valerão pelos títulos de nascença e de riqueza, outrora exigidos por um orgulho estúpido. Algumas virtudes ao menos brotarão deste culto, enquanto só nascem crimes daquele que tivemos a fraqueza de professar. Este culto se aliará com a liberdade que servimos; ele a animará, a conservará, a abrasará, ao passo que o teísmo é, por sua essência e natureza, o mais mortal inimigo da liberdade que servimos. Custou uma gota de sangue quando os ídolos pagãos foram destruídos sob o Baixo Império? Preparada pela estupidez de um povo outra vez escravizado, a Revolução operou-se sem o menor obstáculo. Como poderemos recear que a obra da filosofia seja mais penosa do que a do despotismo? Apenas os padres ainda mantêm cativos, aos pés de seu deus quimérico, este povo que vós tanto temeis esclarecer; afastai-o deles, e o véu cairá naturalmente. Crede que este povo, bem mais sensato do que imaginais, liberto dos ferros da tirania, em breve o será dos da superstição. Vós os temeis sem esse freio? Que extravagância! Ah, acreditai, cidadãos, aquele que o gládio material das leis não detém, muito menos será detido por medo moral dos suplícios do inferno, de que ele zomba desde a infância. Em suma: vosso teísmo fez cometer muitos crimes, mas jamais conseguiu evitar algum. Se é verdade que as paixões cegam, que seu efeito é elevar sobre nossos olhos uma nuvem que nos esconde os perigos de que se cercam, como poderemos supor que aqueles que estão longe de nós, como estão as punições anunciadas por vosso deus, possam dissipar essa nuvem que nem mesmo o gládio das leis consegue dissolver, sempre suspenso sobre as paixões? Se está provado que esse suplemento de freios imposto pela ideia de um deus torna-se inútil, se está demonstrado que ele é perigoso por outros efeitos, pergunto em que ele pode servir e em quais razões nos apoiaremos a fim de prolongar sua existência? Dir-me-ão que ainda não amadurecemos o bastante para consolidar nossa revolução de um modo tão brilhante. Ah, meus concidadãos; o caminho que percorremos depois de 89 foi incomparavelmente mais difícil do que este que ainda nos resta a fazer, e teremos de trabalhar muito menos a opinião naquilo que vos proponho, do que já a atormentamos em todos os sentidos desde a queda da Bastilha. Acreditemos que um povo bastante sensato, bastante corajoso para conduzir um monarca impudente do topo de suas grandezas aos pés do cadafalso, que em tão poucos anos soube vencer tantos preconceitos, quebrar tantos freios ridículos, o será suficientemente para imolar ao bem da coisa, à prosperidade da República, um fantasma bem mais ilusório ainda do que poderia ser o de um rei.

Franceses, desferireis os primeiros golpes: vossa educação nacional fará o resto. Mas trabalhai prontamente nessa tarefa; que ela se torne um de vossos encargos mais importantes; que ela tenha sobretudo por base essa moral essencial, tão negligenciada na educação religiosa. Substituí as tolices deíficas com que fatigais as jovens vozes[3] de vossas crianças por excelentes princípios sociais; que em lugar de aprender a recitar preces fúteis que farão a glória de esquecer aos dezesseis anos, elas sejam instruídas de seus deveres na sociedade; ensinai-lhes a amar as virtudes de que lhe faláveis antigamente, e que, sem vossas fábulas religiosas, são suficientes para a sua felicidade pessoal. Fazei-lhes sentir que essa felicidade consiste em fazer os outros tão felizes quanto nós mesmos desejamos sê-lo. Se assentais essas verdades sobre quimeras cristãs, como tínheis a loucura de fazer outrora, tão logo vossos alunos tenham reconhecido a futilidade das bases, derrubarão o edifício, e tornar-se-ão celerados apenas por acreditar que a religião que lançaram por terra os proibia de sê-lo. Fazendo-os sentir, ao contrário, a necessidade da virtude unicamente porque sua própria felicidade depende dela, eles serão honestos por egoísmo, e essa lei que rege todos os homens será sempre a mais certa de todas. Que se evite, pois, com o maior cuidado, misturar alguma fábula religiosa a essa educação nacional. Não percamos jamais de vista que são homens livres que desejamos formar e não vis adoradores de um deus. Que um filósofo simples instrua os novos alunos nas sublimidades incompreensíveis da natureza; que ele lhes prove que o conhecimento de um deus, frequentemente muito perigoso aos homens, jamais serviu a sua felicidade, e que eles não serão mais felizes admitindo como causa do que não compreendem algo que compreendem menos ainda; que é bem menos essencial entender a natureza do que respeitar suas leis e delas desfrutar; que essas leis são tão sensatas quanto simples; que estão escritas no coração de todos os homens, e que basta interrogar o coração para lhe desvendar o impulso. Se eles quiserem absolutamente que vós lhes faleis de um criador, respondei-lhes que as coisas tendo sido sempre o que são, não tendo havido jamais um começo e não devendo ter jamais um fim, é tão inútil quanto impossível ao homem remontar a uma origem imaginária que nada explicaria ou faria avançar. Dizei-lhes ser impossível aos homens ter ideias verdadeiras sobre um ser que não age em nenhum de nossos sentidos.

Todas as nossas ideias são representações de objetos que nos impressionam. Quem pode nos representar a ideia de Deus, que, evidentemente, é uma ideia sem objeto? Uma tal ideia, ajuntaríeis, não é tão impossível quanto efeitos sem causa? Uma ideia sem protótipo pode ser outra coisa além de uma quimera? Alguns doutores, continuareis, asseguram que a ideia de Deus é inata e que os homens a possuem desde o ventre materno. Mas isso é falso, podereis acrescentar. Todo princípio é um julgamento, todo julgamento é o efeito da experiência, e a experiência só se adquire pelo exercício dos sentidos; de onde se segue que os princípios religiosos, evidentemente, não se assentam sobre nada e de modo algum são inatos. Como é possível, prosseguireis, ter persuadido seres razoáveis de que a coisa mais difícil de se compreender era a mais essencial para eles? E que foram por demais aterrorizados, e que, quando se tem medo, cessa-se de raciocinar; e que principalmente quando se recomenda que se desconfie da razão e quando o cérebro é perturbado, acredita-se em tudo e nada se examina. A ignorância e o medo, ainda direis a eles, são as duas bases de todas as religiões. A incerteza em que o homem se encontra em relação a seu Deus é precisamente o motivo que o liga à religião. Nas trevas o homem teme, física e moralmente; o medo torna-se nele habitual e se transforma em necessidade: ele pensará que lhe falta alguma coisa, se não tiver mais nada a esperar ou temer. Retornai em seguida à utilidade da moral: dai-lhes muito mais exemplos do que lições sobre esse grande objeto, muito mais provas do que livros, e fareis deles homens tanto mais devotados à liberdade de seu país que nenhuma ideia de servidão poderá mais se apresentar ao seu espírito e nenhum terror religioso poderá perturbar seu gênio. Então, o verdadeiro patriotismo eclodirá em todas as almas; reinará nelas em toda a sua força e em toda a sua pureza, porque será o único sentimento dominante e nenhuma ideia estranha diminuirá sua energia. Então, vossa segunda geração estará assegurada, e vossa obra, consolidada por ela, tornar-se-á a lei do universo. Mas, se, por temor ou pusilanimidade, estes conselhos não forem seguidos, se se deixarem subsistir as bases do edifício que se acreditava destruído, o que acontecerá? Reconstruir-se-á sobre essas bases, e sobre elas serão erigidos os mesmos colossos, com a cruel diferença de que serão dessa vez cimentados com tal força, que nem a vossa geração nem as que a seguirem conseguirão derrubá-los.

Que jamais se duvide que as religiões sejam o berço do despotismo. O primeiro déspota foi um padre; o primeiro rei e o primeiro imperador de Roma, Numa e Augusto, associaram-se ambos ao sacerdócio; Constantino e Clóvis foram mais bispos que soberanos; Heliogábalo foi sacerdote do Sol. Em todos os tempos, em todos os séculos, houve entre o despotismo e a religião uma tal conexão, que está mais do que demonstrado que destruindo um se derrubará o outro, pela considerável razão de que o primeiro sempre servirá de lei ao segundo. Entretanto, não proponho nem massacres nem deportações; todos estes horrores estão demasiado longe de minha alma para que eu ouse concebê-los ainda que num minuto. Não, não deveis assassinar nem deportar: tais atrocidades são próprias dos reis ou dos celerados que os imitaram. Não é fazendo como eles que fareis com que se tome horror por aqueles que as exerciam. Empreguemos a força apenas contra os ídolos; basta ridicularizar aqueles que os servem: os sarcasmos de Juliano prejudicaram mais a religião cristã do que todos os suplícios de Nero. Sim, destruamos para sempre toda ideia de Deus e façamos soldados de seus padres; alguns já o são; que eles se atenham a essa ocupação, tão nobre para um republicano, mas que nunca mais voltem a nos falar de seu ser quimérico ou de sua religião fabulosa, único objeto de nosso desprezo. Condenemos a ser vaiado, ridicularizado, coberto de lama em todos os cruzamentos das maiores cidades da França o primeiro destes charlatães abençoados que vier nos falar de Deus ou de religião; prisão perpétua será a pena para quem cometer duas vezes a mesma falta. Que as mais insultantes blasfêmias, os livros mais ateus, sejam em seguida plenamente autorizados, a fim de extirpar completamente do coração e da memória dos homens esses brinquedos horripilantes de nossa infância. Que por um concurso se eleja a obra mais capaz de esclarecer os europeus sobre uma matéria tão importante, e que um prêmio considerável, outorgado pela nação, seja a recompensa daquele que, tendo dito e demonstrado tudo sobre essa matéria, não deixe aos seus compatriotas nada mais do que uma foice para ceifar todos esses fantasmas, e um coração íntegro para os odiar. Em seis meses tudo estará acabado; vosso infame Deus cairá no nada, e isso sem que deixeis de ser justos, ciumentos da estima dos outros, sem que deixeis de temer o gládio das leis; e sejais honestos, porque teremos sentido que o verdadeiro amigo da pátria não deve, como o escravo dos reis, ser ameaçado por quimeras; que não é, afinal, nem a esperança frívola de um mundo melhor nem o medo de males maiores do que aqueles que a natureza nos envia que devem conduzir um republicano, cujo único guia é a virtude e o único freio, o remorso.

Os costumes

Após ter demonstrado que o teísmo de modo algum convém a um governo republicano, parece-me necessário provar que os costumes franceses também lhe são inconvenientes. Este artigo é tanto mais essencial quanto são os costumes que servirão de motivo às leis que se vai promulgar.

Franceses, sois esclarecidos demais para não perceber que um novo governo precisa de novos costumes. É impossível que o cidadão de um Estado livre se conduza como o escravo de um rei déspota. As diferenças de interesses, deveres e relações entre eles, determinam essencialmente uma maneira totalmente diversa de se comportar em sociedade; uma infinidade de pequenos erros, de pequenos delitos sociais, considerados muito essenciais sob o governo dos reis que deviam agir tanto mais por terem necessidade de impor freios para se tornarem respeitáveis ou inacessíveis a seus súditos, aqui serão inúteis. Outros crimes, conhecidos pelo nome de regicídio ou de sacrilégio, sob um governo que não conhece mais nem rei nem religião, devem também desaparecer num Estado republicano. Ao conceder a liberdade de consciência e a de imprensa, pensai, cidadãos, que isso é quase o mesmo que conceder a liberdade de agir, e que, com exceção do que choca diretamente as bases do governo, restar-vos-á muito menos crimes a punir, pois, de fato, há bem poucas ações criminosas numa sociedade que tem por base a liberdade e a igualdade; e que pensando e examinando bem as coisas, o que há de verdadeiramente criminoso é só aquilo que a lei reprova; pois se a natureza nos dita igualmente vícios e virtudes devido à nossa organização ou, mais filosoficamente ainda, devido à necessidade que ela tem de ambos, o que ela nos inspira tornar-se uma medida muito incerta para regrar com precisão o que é bem e o que é mal. Mas para melhor desenvolver minhas ideias sobre um objeto tão essencial, classifiquemos as diferentes ações da vida humana que, até aqui, se convencionou chamar de criminosas, e em seguida vamos compará-las com os verdadeiros deveres de um republicano.

Em todos os tempos os deveres do homem foram considerados sob três diferentes aspectos, a saber:

1. Aqueles que sua consciência e sua credulidade lhe impõem em relação ao Ser Supremo;
2. Aqueles que ele é obrigado a manter com seus irmãos;
3. Enfim, aqueles que só dizem respeito a ele mesmo.

A certeza que devemos ter de que nenhum deus venha se intrometer conosco e que, criaturas necessitadas da natureza como as plantas e os animais, nós estamos aqui porque seria impossível que aqui não estivéssemos; esta certeza sem dúvida aniquila imediatamente, como se vê, a primeira parte desses deveres, isto é, aqueles que nos julgamos falsamente responsáveis em relação à divindade; com eles desaparecem todos os delitos religiosos conhecidos pelos nomes vagos e indefinidos de *impiedade*, de *sacrilégio*, de *blasfêmia*, de *ateísmo*, etc., enfim, todos esses que Atenas puniu com tanta injustiça em Alcebíades e a França no infortunado La Barre. Há algo mais extravagante no mundo do que homens que, só conhecendo seu Deus e aquilo que este Deus pode exigir segundo suas ideias limitadas, queiram no entanto decidir sobre a natureza do que contenta ou desagrada este ridículo fantasma de sua imaginação? Não gostaria que nos limitássemos a permitir indiferentemente todos os cultos; desejaria que fôssemos livres para caçoar e rir de todos; que homens, reunidos num templo qualquer para invocar o Eterno segundo sua fantasia, fossem vistos como comediantes num teatro cujo jogo permite a qualquer um rir. Se não considerardes as religiões sob esse ângulo, elas terão de volta a gravidade que as torna importantes, elas favorecerão as opiniões, e logo mais estaremos não apenas disputando sobre as

*) Cada povo considera sua religião a melhor e, para se convencer disso, apoia-se sobre uma infinidade de provas não apenas discordantes entre si mas quase todas contraditórias. Na profunda ignorância em que nos encontramos, qual é aquela que pode agradar a Deus supondo que exista um Deus? Se formos sensatos, devemos proteger todas igualmente ou proscrevê-las todas; ora, proscrevê-las certamente é mais seguro, já que temos a certeza moral de que todas as religiões são fingimentos[4], e nenhuma pode agradar mais do que outra a um deus que não existe.

religiões, como também nos batendo pelas religiões*. A igualdade destruída pela preferência ou a proteção concedida a uma delas irá depressa desaparecer do governo, e a *aristocracia* logo renascerá da *teocracia* reedificada. Eu não me cansarei de repetir: não há deuses, franceses, não há deuses, se não quiserdes que seu funesto império vos mergulhe de novo em todos os horrores do despotismo. Mas só os destruireis ridicularizando-os; todos os perigos que arrastam consigo renascerão depressa aos milhares, se por eles derramardes bílis[5], ou lhes derdes importância. Não derrubeis seus ídolos com cólera: pulverizai-os brincando, e a opinião cairá por si mesma.

É o bastante, espero, para demonstrar que nenhuma lei deve ser promulgada contra os delitos religiosos porque o que ofende uma quimera não ofende nada, e seria a última das inconsequências punir aqueles que ultrajam ou que desprezam um culto cuja prioridade sobre os outros nada vos pode ser demonstrado com evidência; seria necessariamente adotar um partido e, como resultado, influenciar a balança da igualdade, primeira lei de vosso novo governo.

Passemos aos segundos deveres do homem, aqueles que o ligam aos seus semelhantes; essa classe é provavelmente a mais extensa.

A moral cristã, demasiado vaga sobre as relações do homem com seus semelhantes, estabelece bases tão cheias de sofismas, que nos é impossível admiti-las, porque, quando se quer edificar princípios, é preciso evitar lhes atribuir sofismas como bases. Ela nos diz, esta moral absurda, para amar o próximo como a nós mesmos. Nada seguramente seria tão sublime, se o que é falso pudesse alguma vez conservar as características da beleza. Não se trata de amar seus semelhantes como a si mesmos, pois isso contraria todas as leis da natureza, e apenas sua voz deve dirigir todas as ações de vossa vida. Só se trata de amar nossos semelhantes como irmãos, como amigos que a natureza nos dá e com os quais deveremos viver tanto melhor num Estado republicano, em que o desaparecimento das distâncias deve necessariamente estreitar os laços.

Que a humanidade, a fraternidade, a beneficência nos prescrevam, de acordo com isso, nossos deveres recíprocos, e cumpramo-los individualmente com o simples grau de energia que a natureza nos deu sobre esse ponto sem censurar, e, sobretudo, sem punir aqueles que, mais frios ou mais atrabiliários, não sentem nesses vínculos, por mais tocantes que sejam todas as doçuras que outros neles encontram; pois, convenhamos, seria um absurdo palpável desejar prescrever leis universais. Esse procedimento seria tão ridículo quanto o de um general de armada que exigisse que seus soldados se vestissem com uniformes do mesmo tamanho. É uma injustiça espantosa exigir que homens de caracteres desiguais se curvem a leis iguais; o que convém a um não serve para outro. Estou de acordo que não se pode fazer tantas leis quantos são os homens, mas as leis podem ser tão brandas, em número tão pequeno, que todos os homens, de qualquer caráter, possam facilmente sujeitar-se a elas. Eu ainda exigiria que esse pequeno número de leis fosse de uma espécie passível de se adaptar facilmente a todos os diferentes caracteres. O espírito de quem as dirigisse teria de aplicá-las mais ou menos em razão do indivíduo que seria preciso atingir. Está demonstrado que há virtudes cuja prática é impossível a certos homens, como há remédios que não seriam convenientes a determinados temperamentos. Ora, a que cúmulos não chegaria vossa injustiça se atingísseis com a lei aquele a quem seria impossível sujeitar-se à lei! A iniquidade que cometeríeis não seria igual àquela de que vos sentiríeis culpados se quisésseis forçar um cego a discernir as cores? Desses primeiros princípios decorre, percebe-se, a necessidade de se fazer leis suaves, e sobretudo de aniquilar para sempre a atrocidade da pena de morte[6], porque a lei que atenta contra a vida de um homem é impraticável, injusta, inadmissível. Não que não haja uma infinidade de casos, como direi a seguir, nos quais, sem ultrajar a natureza (o que demonstrarei), os homens não tenham recebido desta mãe comum a inteira liberdade de atentarem contra a vida uns dos outros; mas é impossível a lei obter o mesmo privilégio, porque a lei, fria em si mesma, não poderia ser acessível às paixões que podem legitimar no homem a ação cruel do assassinato. O homem recebe da natureza as impressões que podem lhe fazer perdoar esta ação, e a lei, ao contrário, sempre em oposição à natureza e não recebendo nada dela, não pode estar autorizada a se permitir os mesmos erros; sem os mesmos motivos, é impossível que ela tenha os mesmos direitos. Eis uma das distinções sábias e delicadas que escapam a muita gente porque muito pouca gente reflete; mas elas serão acolhidas pela gente instruída a quem me dirijo e influirão, espero, sobre o novo Código que preparam para nós.

A segunda razão pela qual se deve aniquilar a pena de morte é que ela jamais reprimiu o crime, já que ele é cometido todos os dias aos pés do cadafalso. Em suma: deve-se suprimir essa pena porque não há cálculo mais molesto do que levar um homem à morte por ter matado outro, já que desse procedimento evidentemente resulta que, em lugar de um homem a menos, haverá dois de uma vez, e tal aritmética só pode ser familiar a carrascos e a imbecis. Enfim, quaisquer que sejam os crimes que possamos cometer contra nossos irmãos, eles se reduzem a quatro principais: a *calúnia*, o *roubo*, os crimes que, causados pela *impureza*, podem atingir desagradavelmente os outros, e o *assassinato*. Todas essas ações, consideradas capitais num governo monárquico, serão tão graves num Estado republicano? É o que vamos analisar sob o facho da filosofia, pois somente sob a sua luz se poderá realizar tal exame. Que não me taxem de inovador perigoso; que não me digam que há nisso risco de embotar o remorso na alma dos malfeitores, como talvez fariam estes escritos; que há um mal ainda maior em aumentar pela doçura de minha moral a inclinação que esses mesmos malfeitores têm para os crimes. Atesto formalmente aqui não ter em vista nenhum desses objetivos perversos. Exponho as ideias com as quais me identifico desde a idade da razão e ao jorro das quais o infame despotismo dos tiranos há tantos séculos se opõe. Pior para aqueles que estas grandes ideias corromperam, pior para aqueles que só sabem tirar o mal das opiniões filosóficas, suscetíveis de se corromper por tudo! Quem sabe se eles não se gangrenariam lendo Sêneca e Charron? Não é para eles que falo: só me endereço aos que são capazes de me entender; estes me lerão sem perigo.

Confesso com a mais extrema franqueza jamais ter acreditado que a calúnia fosse um mal, sobretudo num governo como o nosso no qual todos os homens mais ligados ou próximos, evidentemente, têm o maior interesse em se conhecerem bem. De duas uma: ou a calúnia atinge um homem verdadeiramente perverso, ou ela recai sobre um ser virtuoso. Haveremos de convir que, no primeiro caso, é quase indiferente falar mal de um homem conhecido por cometer o mal em demasia; talvez até o mal que não existe esclareça aquele que de fato existe, e com isso o malfeitor será melhor conhecido.

Se reina em Hanover, suponho, uma influência malsã, e eu não deva correr riscos maiores, expondo-me a essa inclemência do ar, do que ganhar um acesso de febre, poderia queixar-me do homem que, para impedir-me de ir até lá, me dissesse que eu morreria assim que chegasse? Obviamente não, porque tendo me assustado com um grande mal ele teria me impedido de sofrer um pequeno. E se a calúnia, ao contrário, recair sobre um homem virtuoso? Que ele não se alarme; que ele se mostre, e todo o veneno do caluniador acabará sendo inoculado no próprio. Para tais pessoas, a calúnia é apenas um escrutínio depuratório do qual sua virtude só sairá mais brilhante. Nisso haverá mesmo proveito para a massa das virtudes da República; pois este homem virtuoso e sensível, picado pela injustiça que acaba de sofrer, aplicar-se-á em fazer ainda melhor. Ele vai querer ultrapassar essa calúnia de que se acreditava a salvo, e suas belas ações adquirirão um grau a mais de energia. Assim, no primeiro caso, o caluniador terá produzido efeitos bastante satisfatórios, multiplicando os vícios do homem perigoso; no segundo, os efeitos serão excelentes, obrigando a virtude a se oferecer a nós por inteira. Ora, então vos pergunto, em que o caluniador vos parecerá temível, sobretudo num governo onde é tão essencial conhecer os maus e aumentar a energia dos bons? Que se evite pronunciar alguma pena contra a calúnia; consideremo-la sob o duplo aspecto de um fanal e de um estimulante e, em todos os casos, como algo muito útil. O legislador, que deve ter sempre grandes ideias como a obra a que se dedica, jamais deve estudar o efeito do delito que só atinja individualmente; é seu efeito em massa que ele deve examinar. E quando observar dessa maneira os efeitos que resultam da calúnia, desafio-o a encontrar aí algo que possa ser punido; desafio-o a colocar alguma sombra de justiça na lei que o puniria; ele se tornará, ao contrário, o mais justo e o mais íntegro dos homens se a favorecer ou a recompensar.

O roubo é o segundo dos delitos morais que nos propusemos examinar.

Se percorremos a Antiguidade, veremos o roubo permitido, recompensado em todas as repúblicas da Grécia. Esparta e a Lacedemônia o favoreciam abertamente. Alguns outros povos viam-no como uma virtude guerreira. É certo que ele mantém a coragem, a força, a habilidade, enfim, todas as virtudes úteis a um governo republicano e por consequência ao nosso. Ousarei perguntar-vos, sem imparcialidade agora, se o roubo, cujo efeito é nivelar as riquezas, é um grande mal num governo cujo objetivo é a igualdade. Não, sem dúvida, porque, se de um lado ele mantém a igualdade, de outro mostra como se deve conservar os bens. Havia um povo que não punia o ladrão, mas quem se deixasse roubar, a fim de ensinar-lhe a cuidar melhor de suas propriedades. Isso nos leva a reflexões mais extensas.

Deus me livre de querer aqui atacar ou destruir o juramento do respeito às propriedades que a nação acaba de pronunciar; mas que me seja permitido ao menos expor algumas ideias sobre a injustiça desse juramento. Qual o espírito de um juramento pronunciado por todos os indivíduos de uma nação? Não é o de manter uma perfeita igualdade entre os cidadãos, de submetê-los igualmente à lei protetora das propriedades de todos? Pergunto-vos agora se é justa a lei que ordena a quem nada possui respeitar quem tem tudo. Quais são os elementos do pacto social? Ele não consiste em ceder um pouco de sua liberdade e de suas propriedades para assegurar e manter o que se conserva de uma e de outra?

Todas as leis assentam-se sobre essas bases; elas são os motivos das punições infligidas àqueles que abusam de sua liberdade. Elas também autorizam as imposições; o que faz que um cidadão não reclame quando se as exige dele, é saber que por meio do que dá, conserva aquilo que lhe resta. Mas, uma vez mais, com que direito aquele que nada tem se prenderia a um pacto que só protege aquele que tem tudo? Se praticais um ato de equidade conservando, por vosso juramento, as propriedades de um rico, não cometeríeis uma injustiça exigindo esse juramento do "conservador" que não tem nada? Que interesse ele poderia ter em vosso juramento? E por que haveis de querer que ele prometa algo que só seja favorável àquele que tanto difere dele por suas riquezas? Nada, seguramente, é mais injusto: um juramento deve produzir igual efeito em todos os indivíduos que o pronunciam; é impossível que ele possa acorrentar aquele que não tem nenhum interesse em sua manutenção, pois não seria o pacto de um povo livre; seria a arma do forte contra o fraco, contra a qual este deveria incessantemente revoltar-se. É o que acontece ao juramento do respeito das propriedades que a nação acaba de exigir; somente o rico acorrenta o pobre, somente o rico tem interesse no juramento que o pobre pronuncia, com tanta falta de consideração que não percebe que por meio desse juramento, extorquido à sua boa-fé, obriga-se a fazer algo que não se pode fazer com ele face a face.

Assim convencidos, como deveis estar, desta bárbara desigualdade, não agraveis vossa injustiça punindo aquele que nada tem por haver ousado furtar qualquer coisa àquele que tem tudo. Vosso injusto juramento assegura-lhe mais direito que nunca; obrigando-o ao perjúrio por esse juramento absurdo para ele, vós legitimais todos os crimes em que este perjúrio o levará. Logo, não cabe a vós punir aquilo de que fostes a causa. Nada mais direi para fazer sentir a horrível crueldade que se pratica ao punir os ladrões. Imitai a sábia lei do povo de que vos falei há pouco; puni o homem negligente o bastante para se deixar roubar, mas não pronunciai nenhum tipo de pena contra aquele que rouba. Pensai que o vosso juramento autoriza-o a uma ação como essa e que aquele que a pratica nada mais faz do que seguir o primeiro e o mais sábio dos movimentos da natureza, que é o de conservar a todo custo sua própria existência.

Os delitos que devemos examinar nesta segunda classe dos deveres do homem em relação a seus semelhantes consistem nas ações que se pode empreender na libertinagem, entre as quais distinguem-se, particularmente, como as mais atentatórias ao que cada um deve aos outros, a *prostituição*, o *adultério*, o *incesto*, o *estupro* e a *sodomia*.

Certamente não devemos duvidar um só momento que tudo o que chamamos crimes morais, isto é, todas as ações da espécie que acabamos de citar, sejam perfeitamente indiferentes num governo cujo único dever consiste em conservar, por qualquer meio que seja, a forma essencial para a sua manutenção. Eis a única moral de um governo republicano. Ora, como ele é sempre contrariado pelos déspotas que o cercam, seria difícil imaginar de modo razoável que seus meios conservadores pudessem ser *meios morais*, pois ele só se conservará pela guerra e não há nada menos moral do que a guerra. Pergunto agora como se conseguirá demonstrar que, num Estado *imoral* por suas obrigações, é essencial os indivíduos serem *morais*. Digo mais: é bom que eles não o sejam. Os legisladores da Grécia sentiram perfeitamente a importante necessidade de gangrenar os membros para que sua *dissolução moral*, influindo na que é útil à máquina, provocasse a insurreição sempre indispensável num governo que, perfeitamente feliz como o governo republicano, deve necessariamente excitar ódio e inveja a todos os que o cercam. A insurreição, pensavam estes sábios legisladores, não é um estado *moral*; no entanto, ela deve ser o estado permanente de uma República. Logo, seria tão absurdo como perigoso exigir que aqueles que devem manter o perpétuo abalo[7] *imoral* da máquina fossem, eles mesmos, extremamente *morais*, porque o estado *moral* de um homem é um estado de paz e tranquilidade, enquanto seu estado *imoral* é um estado de movimento perpétuo que o aproxima da insurreição necessária, na qual o republicano deve manter sempre o governo de que toma parte como membro.

Detalhemos agora, começando a analisar o pudor, esse movimento pusilânime, contraditório aos afetos impuros. Se estivesse nas intenções da natureza que o homem fosse pudico, seguramente, ela não o teria feito nascer nu; uma infinidade de povos menos degradados que nós pela civilização andam nus e não sentem a menor vergonha disso. Não duvidemos do fato de que o costume de se vestir teve por única base a inclemência do ar e a vaidade das mulheres; elas sentiram que perderiam logo todos os efeitos do desejo se os precipitassem em vez de deixá-los nascer; imaginaram que a natureza, não as tendo criado sem defeitos, lhes teria assegurado todos os meios de agradar disfarçando estes defeitos com adornos; assim, o pudor, longe de ser uma virtude, foi de fato um dos primeiros efeitos da corrupção, um dos primeiros meios de coquetismo usado pelas mulheres. Licurgo e Sólon, convencidos de que os resultados do impudor mantêm o cidadão num estado *imoral* essencial às leis do governo republicano, obrigaram as jovens a se apresentarem nuas no teatro.* Roma logo imitou esse exemplo: dançava-se nu nos jogos de Flora; a maior parte dos mistérios pagãos eram celebrados dessa forma; a nudez até foi tida como virtude por alguns povos. De qualquer modo, do impudor nascem inclinações luxuriantes; o que resulta dessas inclinações compõe os pretensos crimes que analisamos e cujo primeiro efeito é a prostituição. Agora que a respeito de tudo isso estamos curados da multidão dos erros religiosos que nos cativavam, e que, mais próximos da natureza pela quantidade de preconceitos que acabamos de aniquilar, só escutamos sua voz, estejamos seguros de que, se houvesse crime em alguma coisa, seria antes por resistir às inclinações que a natureza nos inspira do que por combatê-los, pois, persuadidos de que a luxúria é uma consequência dessas inclinações, trata-se muito menos de extinguir em nós essa paixão do que regrar os meios para satisfazê-la em paz. Logo, devemos pôr ordem nessa parte e garantir nela toda a segurança necessária, para que o cidadão que a necessidade aproxima dos objetos de luxúria possa, com esses objetos, se entregar a tudo o que suas paixões lhe prescrevam, sem jamais se prender a nada, porque não há no homem paixão nenhuma que necessite de tamanha liberdade quanto essa. Locais variados, saudáveis, vastos, adequadamente mobiliados e seguros em todos os aspectos, serão erigidos em todas as cidades. Aí, todos os sexos, todas as idades, todas as criaturas se oferecerão aos caprichos dos libertinos que vierem desfrutá-los; a mais completa subordinação será a regra exigida entre os indivíduos presentes; a menor recusa será arbitrariamente punida no mesmo instante por aquele que a

*) Disse-se que a intenção desses legisladores era, embotando a paixão que os homens sentem por uma mulher nua, tornar mais ativa aquela que experimentam algumas vezes pelo próprio sexo. Esses sábios demonstravam o que queriam que causasse desgosto e ocultavam o que acreditavam feito para inspirar os mais doces desejos; em todo caso, não trabalhavam pelos mesmos objetivos que acabamos de apresentar? Percebe-se que sentiam necessidade da imoralidade nos costumes republicanos.

tiver sofrido. Devo esclarecer isso melhor fazendo uma comparação com os costumes republicanos. Prometi a mesma lógica em tudo, manterei a palavra.

Se, como acabo de dizer, nenhuma paixão tem mais necessidade da mais ampla liberdade que essa, nenhuma provavelmente é tão despótica. É aí que o homem gosta de comandar, ser obedecido, rodeado de escravos obrigados a satisfazê-lo. Ora, todas as vezes que não derdes ao homem o meio secreto de exalar a dose de despotismo que a natureza pôs no fundo de seu coração, ele correrá para exercê-la sobre os objetos que o cercam, ele perturbará o governo. Permiti, se quiserdes evitar tal perigo, uma livre expansão a esses desejos tirânicos que, contra a sua vontade, o atormentam incessantemente. Contente em ter podido exercer sua pequena soberania sobre o harém de icoglãs[8] ou de sultanas que vossos cuidados e seu dinheiro lhe proporcionam, ele sairá satisfeito e sem nenhum desejo de perturbar um governo que lhe assegura com tanta complacência todos os meios de sua concupiscência. Exercei, ao contrário, procedimentos diversos, impondo sobre esses objetos da luxúria pública os ridículos entraves outrora inventados pela tirania ministerial e pela lubricidade de nossos Sardanapalos*: O homem, logo irritado contra o vosso governo, invejoso do despotismo que vos vê exercer totalmente só, sacudirá o jugo a que o submeteis e, farto de vossa maneira de governá-lo, modificará tudo, como, aliás, acaba de fazer.

Vede como os legisladores gregos, compenetrados dessas ideias, tratavam o deboche na Lacedemônia e em Atenas. Longe de o proibir, inebriavam o cidadão com ele; nenhum gênero de lubricidade era proibido. Sócrates, declarado pelo oráculo o mais sábio dos filósofos da Terra, passava indiferentemente dos braços de Aspásia para os de Alcebíades, e nem por isso deixava de ser a glória da Grécia. Vou ainda mais longe; por mais que minhas ideias contrariem os costumes de hoje, como meu objeto é provar que devemos nos apressar em

*) É sabido que o infame e celerado Sartine dispunha para Luís XV os meios da luxúria, fazendo-o ler, por intermédio da Dubarry, três vezes por semana, detalhes da vida privada que ele mesmo enriquecia com tudo o que se passava nos piores antros de Paris. Esse ramo da libertinagem do Nero francês custava três milhões ao Estado!

mudá-los se quisermos conservar o governo adotado, tentarei vos convencer de que a prostituição das mulheres ditas honestas não é mais perigosa do que a dos homens, e que não somente devemos associá-las às luxúrias praticadas nas referidas casas, como também devemos criar outras casas para elas, nas quais seus caprichos e as necessidades de seu temperamento, muito mais ardente que o nosso, possam do mesmo modo se satisfazer com todos os sexos.

Em primeiro lugar, com que direito pretendeis que as mulheres devam ser excetuadas da cega submissão que a natureza lhes prescreve aos caprichos dos homens? Depois, com que direito pretendeis subjugar a mulher a uma continência impossível para seu físico e absolutamente inútil à sua honra?

Vou tratar separadamente de ambas as questões.

É certo que, no estado de natureza, as mulheres nascem *vulgívagas*, isto é, gozando as vantagens dos outros animais fêmeas e pertencendo, como elas, sem nenhuma exceção, a todos os machos. Tais foram, sem dúvida, as primeiras leis da natureza e as únicas instituições dos primeiros grupos formados pelo homem. O *interesse*, o *egoísmo* e o *amor* degradaram essas primeiras finalidades tão simples e naturais. Acreditou-se que se poderia enriquecer tomando uma mulher e com ela os bens de sua família; eis satisfeitos os dois primeiros sentimentos que acabo de indicar; com mais frequência ainda raptava-se essa mulher para ligar-se a ela; eis o segundo motivo em ação, e, em todo caso, a injustiça.

Jamais um ato de posse pode exercer-se sobre um ser livre; é tão injusto possuir exclusivamente uma mulher quanto possuir escravos. Todos os homens nascem livres, todos são iguais em direito; não devemos jamais perder de vista esses princípios. A partir disso, não se pode, pois, jamais conceder direito legítimo a um sexo de se apoderar com exclusividade do outro; e jamais um desses sexos ou uma dessas classes poderá possuir o outro arbitrariamente. Até mesmo uma mulher, na pureza das leis da natureza, não pode alegar, para justificar a recusa de alguém que a deseje, o amor que sente por outro, porque esse motivo torna-se uma exclusão e nenhum homem pode ser excluído da posse de uma mulher, desde que tenha ficado claro que ela decididamente pertence a todos. O ato de posse só pode se exercer sobre um imóvel ou um animal, jamais sobre um indivíduo que se nos assemelhe. E todos os laços que podem prender uma mulher a um homem, de qualquer espécie que podeis supô-los, são tão injustos quanto quiméricos. Se é incontestável que recebemos da natureza o direito de exprimir nossos desejos indiferentemente a todas as mulheres, é evidente que podemos obrigá-las a se submeter aos nossos desejos, se não de modo exclusivo, contradir-me-ia, ao menos momentaneamente*. É incontestável que temos o direito de estabelecer leis que as obriguem ceder ao furor de quem as deseja; sendo a violência um dos efeitos desse direito, podemos empregá-la legalmente. Ah, a natureza já não provou que temos esse direito nos dando a força necessária para submetê-las aos nossos desejos?

Para defenderem-se, as mulheres podem apelar em vão ao pudor ou à sua ligação com outros homens; esses meios quiméricos são nulos; vimos antes o quanto o pudor é um sentimento artificial e desprezível. O amor, que podemos chamar de *loucura da alma*, não possui mais títulos para legitimar sua constância. Não satisfazendo senão a dois indivíduos, o ser amado e o amante, não pode servir à felicidade dos outros; e foi para a felicidade de todos, não para uma felicidade egoísta e privilegiada, que nos foram dadas as mulheres. Todos os homens têm um direito de gozo idêntico sobre todas as mulheres. Não há um só homem que, diante das leis da natureza, possa erigir sobre uma mulher um direito único e pessoal. A lei que as obrigará a se prostituírem quando quisermos, nas casas de deboche que há pouco mencionamos, que as obrigará a frequentá-las, punindo-as caso se recusem a isso, será uma lei das mais equitativas e contra a qual nenhum motivo legítimo ou justo poderia reclamar.

*) Não venham me dizer que estou aqui me contradizendo; e que depois de ter estabelecido anteriormente que não temos o direito de ligar uma mulher a nós, destruo esses princípios dizendo que temos direito de obrigá-la a isso; repito aqui tratar-se do gozo e não da propriedade; não tenho nenhum direito de propriedade sobre uma certa fonte que encontro em meu caminho, mas tenho todo o direito de usufruí-la, de desfrutar da água límpida que oferece à minha sede; também não tenho direito de propriedade desta ou daquela mulher, mas tenho incontestavelmente o de gozá-la; posso assim obrigá-la a me satisfazer caso ela queira por qualquer motivo recusar-me.

Um homem que queira gozar de uma mulher ou de uma garota qualquer poderá, se as leis que promulgais são justas, intimá-la a comparecer a uma dessas casas de que falei; e lá, sob a salvaguarda das matronas desse templo de Vênus, ela lhe será entregue para satisfazer, com igual humildade e submissão, todos os caprichos que lhe agradar, por mais estranhos e irregulares que possam parecer; pois não há nenhum que não esteja na natureza, nenhum em favor do qual ela não se confesse. Só teria que se fixar a idade. Ora, creio não poder fazê-lo sem perturbar a liberdade de quem deseja gozar de uma mulher desta ou daquela idade. Quem tem o direito de comer o fruto de uma árvore certamente poderá colhê-lo verde ou maduro, conforme as inspirações de seu gosto. Mas, dirão, há uma idade em que a saúde da jovem decididamente pode ser prejudicada pelos procedimentos do homem. Essa consideração não tem nenhum valor; desde que me concedeis o direito de propriedade sobre o gozo, esse direito é independente dos efeitos que ele produz; a partir de então, tanto faz esse gozo ser vantajoso ou prejudicial ao objeto que a ele deve se submeter. Não provei a legalidade em contrariar a vontade de uma mulher nesse assunto e que, tão logo ela inspire o desejo do gozo, deve submeter-se a ele, abstraindo todo sentimento egoísta? O mesmo acontece com a sua saúde. Desde que as considerações que se façam a esse respeito possam destruir ou enfraquecer o gozo daquele que a deseja, e que tem o direito de se apropriar dela, esse cuidado com a idade torna-se inútil porque de modo algum se trata aqui de saber o que sente o objeto condenado pela natureza e pela lei à satisfação momentânea dos desejos de outro. Não se trata nesse exame senão daquilo que convém a quem deseja. Vamos restabelecer a balança.

Sim, devemos restabelecê-la, sem dúvida. A estas mulheres que acabamos de escravizar de forma tão cruel, devemos incontestavelmente indenizar, e isso responderá a segunda questão que me propus.

Se admitimos, como fizemos agora, que todas as mulheres devem ser submissas aos nossos desejos, certamente devemos permitir-lhes que também satisfaçam amplamente os seus. É para tal fim que nossas leis devem favorecer seu temperamento de fogo. É um absurdo ter colocado sua honra e sua virtude na força antinatural de sua resistência às inclinações que receberam em muito maior profusão que nós. Essa injustiça de nossos costumes é tanto mais gritante que consentimos de uma só vez enfraquecer as mulheres à força de sedução, para em seguida puni-las por terem cedido a todos os esforços que fazemos para provocar sua queda. Todo o absurdo de nossos costumes está gravado, parece-me, nessa atrocidade desigual. Essa simples exposição deveria nos fazer sentir a extrema necessidade que temos de trocá-los por outros mais puros. Digo, portanto, que tendo as mulheres recebido inclinações muito mais violentas para os prazeres da luxúria do que nós, poderão entregar-se a eles o tanto que quiserem, absolutamente livres de todos os laços do himeneu, de todos os falsos preconceitos do pudor, devolvidas completamente ao estado de natureza. Quero que as leis lhe permitam entregar-se a tantos homens quantos desejarem; quero que a elas também seja permitido, como aos homens, o gozo de todos os sexos e de todas as partes de seus corpos. Sob a cláusula especial de se entregarem do mesmo modo a todos os que as desejarem, que elas tenham a liberdade de gozar igualmente de todos aqueles que julgarem dignos de satisfazê-las.

Quais são, pergunto, os perigos dessa licença? Crianças sem pais? Ah, o que importa isso numa República em que todos os indivíduos não devem ter outra mãe senão a pátria, em que todos os que nascem são filhos da pátria? Ah, o quanto não irão amá-la melhor aqueles que, só tendo conhecido a ela, saberão desde o nascimento que apenas dela devem esperar tudo? Não imagineis fazer bons republicanos isolando em suas famílias crianças que só devem pertencer à República. Dando somente a alguns indivíduos a dose de afeição que devem repartir entre todos os irmãos, eles adotam inevitavelmente os preconceitos quase sempre perigosos desses indivíduos. Suas opiniões, suas ideias isolam-se, particularizam-se, e todas as virtudes de um homem de Estado tornam-se-lhes absolutamente impossíveis. Enfim, abandonando seus corações completamente aos autores de seus dias, eles não encontrarão mais neles nenhuma afeição por aquela que deve fazê-los viver, conhecer e ilustrar-se, como se esses segundos benefícios não fossem mais importantes que os primeiros! Se há grande inconveniente em deixar as crianças sugarem assim em suas famílias interesses quase sempre diferentes dos da pátria, haverá uma vantagem bem maior em separá-las delas; não haverá perigo, naturalmente, pelos meios que proponho, uma vez que destruindo completamente todos os laços do himeneu, os únicos frutos a nascerem dos prazeres da mulher serão crianças absolutamente proibidas de conhecerem o pai e pertencerem a uma única família, e que, em vez disso, serão como devem ser, ou seja, apenas filhos da pátria.

Haverá, pois, casas destinadas à libertinagem das mulheres sob proteção do governo, como as destinadas à libertinagem dos homens. Nelas serão fornecidos todos os indivíduos de um sexo e de outro que elas possam desejar; quanto mais frequentarem essas casas, mais serão estimadas. Não há nada mais bárbaro e ridículo do que ter ligado a honra e a virtude das mulheres à resistência que elas põem aos desejos recebidos da natureza e que incessantemente inflamam os que fazem a barbaridade de censurá-las. Desde a mais tenra idade*, uma moça, livre dos laços paternais, nada mais tendo a conservar para o himeneu (absolutamente abolido pelas leis sensatas que desejo), acima do preconceito que outrora encadeava seu sexo, poderá entregar-se a tudo que seu temperamento lhe ditar nas casas estabelecidas para esses fins. Ela será recebida com respeito, satisfeita em profusão e, retornando à sociedade, poderá falar publicamente dos prazeres que tiver provado, como faz hoje a respeito de um baile ou de um passeio. Sexo encantador, sereis livre! E como os homens, gozareis de todos os prazeres que a natureza tornou para vós um dever; e não sereis coagidas a nenhum. Deveria a parte mais divina da humanidade submeter-se aos ferros da outra? Ah, quebrai-os! A natureza o quer; não tenhais outros freios senão os de vossas inclinações, outras leis senão os vossos desejos, outra moral que não seja a da natureza. Não vos deixeis languescer tanto tempo nesses bárbaros preconceitos que murchavam vossos encantos e escravizavam os impulsos divinos de vossos corações*. Sois livres

*) As babilonianas levavam suas primícias ao templo de Vênus antes de completar sete anos. O primeiro movimento de concupiscência que uma jovem sente é a época que a natureza lhe indica para se prostituir, e, sem qualquer outra espécie de consideração, ela deve ceder assim que sua natureza fala; se resiste, ultraja suas leis.

como nós, e o caminho dos combates de Vênus está aberto para vós, assim como para nós; não temais absurdas censuras; o pedantismo e a superstição foram aniquilados. Ninguém mais vos verá corar devido aos vossos encantadores erros. Coroadas de mirtos e de rosas, a estima que concebermos por vós só levará em conta a maior extensão que vós mesmas permitirdes lhe dar.

O que acaba de ser dito deveria, sem dúvida, dispensar-nos de examinar o adultério. Lancemos, no entanto, um breve olhar sobre ele, por mais irrelevante que tenha se tornado após as leis que estabeleci. A que ponto era ridículo considerá-lo criminoso em nossas antigas instituições! Se havia algo de absurdo no mundo, era com certeza a eternidade dos laços conjugais. Bastaria, ao que me parece, examinar ou sentir todo o peso desses liames para deixar de ver como um crime a ação que os alijasse. A natureza, como há pouco dissemos, tendo dotado as mulheres com um temperamento mais ardente, com uma sensibilidade mais profunda que a dos indivíduos de outro sexo, era para elas, sem dúvida, que o jugo de um himeneu eterno mais pesava. Mulheres ternas e abrasadas pelo fogo do amor, desforrai agora sem medo; persuadi-vos de que não pode haver nenhum mal em seguir os impulsos da natureza, que não foi para um único homem que ela vos criou, mas para agradar indiferentemente a todos. Que nenhum freio vos detenha. Imitai os republicanos da Grécia; jamais os legisladores que lhes deram as leis imaginaram fazer do adultério um crime, e quase todos autorizavam a desordem das mulheres. Em sua *Utopia*, Thomas Morus prova ser vantajoso para as mulheres se entregarem ao deboche, e as ideias desse grande homem nem sempre eram sonhos**.

Entre os Tártaros, quanto mais uma mulher se prostituía, mais honrada ela era; exibia publicamente no pescoço as marcas de seu

*) As mulheres não sabem a que ponto a lascívia as embeleza. Se compararmos duas mulheres de idade e beleza mais ou menos equivalente, uma vivendo no celibato e a outra na libertinagem, veremos como esta última reúne mais brilho e frescor; toda violência contra a natureza desgasta muito mais do que o abuso dos prazeres; não há pessoa que não saiba o quanto os leitos embelezam uma mulher.

**) Ele mesmo queria que os noivos se vissem completamente nus antes do casamento. Quantos casamentos não se realizariam se esta lei fosse promulgada! Caso contrário, confessemos ser o que acontece quando se compra uma mercadoria sem antes vê-la.

despudor, e aquelas que não tinham o pescoço decorado não eram estimadas. No Peru, as próprias famílias entregavam suas mulheres ou meninas aos estrangeiros que aí viajavam: eram alugadas por dia como cavalos e viaturas! Enfim, os livros não seriam suficientes para demonstrar que jamais a luxúria foi considerada criminosa em nenhum dos povos sábios da Terra. Todos os filósofos sabem muito bem que devemos aos impostores cristãos o fato de ela ter sido instituída como crime. Os padres tinham seus motivos proibindo-nos a luxúria: tal recomendação, reservando-lhes o conhecimento e a absolvição dos pecados secretos, lhes proporcionava um incrível domínio sobre as mulheres e lhes abria uma carreira de lubricidade cuja extensão não tinha limites. Sabemos como eles desfrutavam disso, e como ainda abusariam caso seu crédito não estivesse perdido sem recursos.

Será mais perigoso o incesto? Não, sem dúvida; ele estende os laços de família e, em consequência, torna mais ativo o amor dos cidadãos pela pátria. Ele nos foi ditado pelas primeiras leis da natureza, nós o experimentamos, e o gozo dos objetos que nos pertencem nos parece sempre mais delicioso. As primeiras instituições favoreceram o incesto; encontramo-lo na origem das sociedades; ele é consagrado em todas as religiões; todas as leis o favorecem.

Se percorrermos o universo, encontraremos o incesto estabelecido em toda parte. Os negros da Costa da Pimenta e do Rio Gabão prostituem suas mulheres com os próprios filhos; o filho mais velho, no reino de Judá, deve desposar a mulher de seu pai; os povos do Chile dormem indiferentemente com as próprias irmãs e filhas e desposam com frequência de uma só vez a mãe e a filha. Em suma, ouso assegurar que o incesto deveria ser a lei de todo governo baseado na fraternidade. Como é que homens razoáveis chegaram ao absurdo de crer que gozar de sua mãe, irmã ou filha pudesse ser um crime? Pergunto-vos se não é um abominável preconceito querer fazer de um homem um criminoso só porque ele prefere gozar do objeto que o sentimento da natureza mais aproxima dele? Isso equivaleria dizer que nos é proibido querer tanto os indivíduos aos quais a natureza mais ordena que amemos, e que quanto mais ela nos dá inclinações para um objeto, ao mesmo tempo, mais ordena que nos afastemos dele! Tais contrariedades são absurdas; somente os povos embrutecidos pela superstição podem acreditar nelas ou adotá-las. Incluindo necessariamente o incesto na comunidade de mulheres que estabeleço, resta pouco a dizer sobre um pretenso delito cuja nulidade está suficientemente demonstrada, para que necessitemos aprofundar ainda mais esse assunto. Passemos ao estupro, que parece ser, à primeira vista, de todos os desvios[9] da libertinagem, aquele cuja lesão está melhor estabelecida devido ao ultraje que ele talvez provoque. Entretanto, é certo que o estupro, ação tão rara e difícil de provar, causa menos dano ao próximo do que o roubo, já que esse último invade a propriedade que o primeiro se contenta em deteriorar. Que podereis, aliás, objetar ao violador, se ele vos responde que, de fato, o mal que causou é bem medíocre, já que deixou mais cedo o objeto de que abusou no estado em que logo mais seria necessariamente deixado pelo himeneu ou pelo amor?

Mas a sodomia, este pretenso crime que atraiu o fogo do céu sobre as cidades que a ela se entregavam, não é um extravio monstruoso cujo castigo não poderia ser bastante forte? Sem dúvida é muito doloroso para nós ter de censurar nossos ancestrais pelos assassinatos judiciários que ousaram permitir-se sobre esse assunto. Será possível ser tão bárbaro a ponto de condenar à morte o infeliz indivíduo cujo único crime é não ter os mesmos gostos que vós? Trememos quando pensamos que há quarenta anos apenas os absurdos dos legisladores chegavam a isso. Consolai-vos, cidadãos! Tais absurdos não se repetirão! A sabedoria de vossos legisladores responde por isso. Inteiramente esclarecidos sobre essa fraqueza de alguns homens, sabemos hoje perfeitamente que tal erro não pode ser criminoso; a natureza não teria colocado no fluido que corre em nossos rins uma importância tão grande para se enfurecer com o caminho que nos agrada seguir por esse licor.

Que crime haveria nisso? Seguramente não seria o de se colocar neste ou naquele lugar, a menos que se quisesse sustentar que as partes do corpo não se assemelham todas, e que existem umas puras e outras sujas; mas, sendo impossível avançar tais absurdos, o único pretenso delito aqui só consistiria na perda da semente.

Ora, pergunto-vos se é verossímil que essa semente seja tão preciosa aos olhos da natureza, que não se possa perdê-la sem cometer um crime? Se assim fosse, ela procederia todos os dias a essas perdas? Não seria autorizá-las, permiti-las durante os sonhos ou quando gozamos de uma mulher grávida? Pode-se imaginar a natureza nos dando a possibilidade de um crime que a ultrajasse? Será possível que ela consinta a que homens destruam seus prazeres e se tornem com isso mais fortes do que ela? É espantoso o abismo de absurdos em que mergulhamos quando não raciocinamos à luz da razão! Tenhamos bem claro que é tão simples gozar de uma mulher de uma maneira ou de outra, que é absolutamente indiferente gozar de uma moça ou rapaz, e que é constante em nós não existir outras inclinações além das que recebemos da natureza; ela é por demais sensata e consequente para ter colocado em nós as que pudessem alguma vez ofendê-la.

A inclinação à sodomia resulta da organização e em nada contribuímos para essa organização. Crianças na mais tenra idade anunciam esse gosto, e dele jamais se libertam. Às vezes é fruto da saciedade; mas, por causa disso, pertence menos à natureza? Sob todos os aspectos, a obra da natureza, e, em qualquer caso, o que ela inspira, deve ser respeitada pelos homens. Se, por um recenseamento exato, viéssemos a provar que esse gosto afeta infinitamente mais que o outro, que os prazeres que dele resultam são muito mais vivos, e que devido a isso seus sectários são mil vezes mais numerosos que seus inimigos, não seria possível concluir que, longe de ultrajar a natureza, esse vício serve seus desígnios, e que ela se importa muito menos com a progenitura do que temos a loucura de crer? Ora, percorrendo o universo, quantos povos não veremos desprezar as mulheres? Alguns só servem dela quando absolutamente necessitam de um filho para substituí-los. O hábito que os homens têm de viver juntos nas repúblicas tornará esse vício cada vez mais comum, mas ele certamente não é perigoso. Os legisladores da Grécia tê-lo-iam introduzido em sua República se assim o julgassem? Longe disso; achavam-no necessário a um povo guerreiro. Plutarco nos fala com entusiasmo do batalhão dos *amantes* e dos *amados*; somente eles defenderam durante tanto tempo a liberdade da Grécia. Esse vício reinou na associação dos irmãos de armas, cimentando-a, propriamente. Os maiores homens lhe eram propensos. A América inteira, quando descoberta, encontrava-se povoada de gente com esse gosto. Na Luisiana, entre os habitantes de Ilinois, índios vestidos de mulheres prostituíam-se como cortesãs. Os negros de Benguela mantêm homens publicamente. Quase todos os haréns da Argélia hoje só são povoados por rapazes; em Tebas, o amor entre os rapazes não era apenas tolerado, mas ordenado; o filósofo de Queroneia o prescrevia para suavizar os costumes dos jovens.

Sabemos a que ponto ele reinou em Roma: havia lugares públicos em que os rapazes prostituíam-se vestidos de mulheres e as moças vestidas de rapazes. Marcial, Catulo, Tíbulo, Horácio, Virgílio escreviam tanto para homens como para suas amantes, e podemos ler em Plutarco* que as mulheres não devem ter nenhuma parte no amor dos homens. Os amásios da Ilha de Creta raptavam outrora rapazes nas cerimônias mais singulares: quando amavam um rapaz informavam aos pais o dia em que o raptor iria buscá-lo; se o amante não lhe agradasse, o rapaz mostrava alguma resistência; em caso contrário, partia com ele, e o sedutor o restituía à família tão logo se servisse dele; nesta paixão, como na das mulheres, sempre se quer mais quando já se tem o bastante. Estrabão nos conta que, nessa mesma ilha, os haréns estavam cheios só de rapazes; eram prostituídos publicamente.

Querem uma última autoridade para provar quanto esse vício é útil numa República? Escutemos Jerônimo, o Peripatético: o amor dos rapazes, nos diz, expandiu-se por toda a Grécia porque dava coragem e força, e também servia para expulsar os Tiranos. As conspirações se formavam entre os amantes e eles se deixariam antes torturar a revelar seus cúmplices. O patriotismo assim sacrificava tudo à prosperidade do Estado; tinha-se certeza de que essas ligações fortaleciam a República; declamava-se contra as mulheres; ligar-se a tais criaturas era considerado uma fraqueza reservada ao despotismo.

*) *Obras morais, Tratado do amor.*

A pederastia foi sempre o vício dos povos guerreiros. César nos ensina que os gauleses entregavam-se extraordinariamente a ela. As guerras que as repúblicas tinham de suportar, separando os dois sexos, propagavam esse vício, e, quando nele se reconheceu consequências úteis aos Estado, a religião também o consagrou. Sabe-se que os romanos santificaram os amores de Júpiter e Ganimedes. Sextus Empiricus assegura-nos que essa fantasia era também praticada entre os persas. Enfim, as mulheres, ciumentas e desprezadas, ofereceram-se para prestar aos maridos os mesmos serviços que eles recebiam dos rapazes. Alguns tentaram, mas voltaram a seus antigos hábitos, não achando a ilusão possível.

Os turcos, fortemente inclinados a essa depravação consagrada por Maomé no Alcorão, asseguram, todavia, que uma virgem bastante jovem pode satisfatoriamente substituir um rapaz, e raramente tornam-se mulheres antes de terem passado por essa prova. Sixto-Quinto e Sanches permitiam esse deboche; este último tentou mesmo provar que ele era útil à procriação e que uma criança engendrada após este decurso prévio seria infinitamente melhor constituída. Enfim, as mulheres se compensaram entre elas. Essa fantasia sem dúvida não tem mais inconvenientes que a outra porque o resultado é apenas a recusa em criar, e os meios dos que possuem gosto pela propagação são poderosos o bastante para que seus adversários jamais possam prejudicá-los. Os gregos apoiavam igualmente os extravios das mulheres em razões de Estado. Resultava disso que, bastando-se a si mesmas, suas comunicações com os homens eram menos frequentes e elas assim não prejudicavam os negócios da República. Luciano nos ensina o progresso que fez essa licenciosidade, e não é sem interesse que a vemos em Safo.

Em suma, não há um único perigo em todas essas manias, mesmo que fossem mais longe; mesmo se chegassem a acariciar monstros e animais, como nos demonstra o exemplo de muitos povos, não haveria nessas frivolidades o menor inconveniente porque a corrupção dos costumes, quase sempre muito útil num governo, não poderia ser nociva sob nenhum aspecto; devemos esperar de nossos legisladores bastante sabedoria e prudência para estarmos seguros de que lei alguma emanará deles para reprimir essas misérias, que, levando em conta a organização, jamais poderiam tornar mais culpado aquele que se acha inclinado a ele do que o indivíduo que a natureza criou contrafeito.

Só nos resta a examinar o assassinato na segunda classe dos delitos do homem para com seu semelhante; passaremos em seguida aos seus deveres para consigo mesmo. De todas as ofensas que o homem pode fazer a seu semelhante, o assassinato é, indubitavelmente, a mais cruel, já que lhe retira o único bem que recebeu da natureza, o único cuja perda é irreparável. Várias questões entretanto aqui se apresentam, abstraindo-se todo o prejuízo que o assassinato causa àquele que se torna sua vítima.

1. Essa ação, considerando apenas as leis da natureza, é verdadeiramente criminosa?
2. E em relação às leis da política?
3. O assassinato é prejudicial à sociedade?
4. Como ele deve ser considerado num governo republicano?
5. Enfim, o assassinato deve ser reprimido com o assassinato?

Examinemos separadamente cada uma dessas questões; o objeto é bastante essencial para que nos detenhamos nele. Provavelmente acharão nossas ideias um tanto fortes, mas e daí? Não adquirimos o direito de dizer tudo? Explicitemos aos homens grandes verdades; eles aguardam-nas de nós. Já é tempo que o erro desapareça; que sua venda caia junto a dos reis. O assassinato é um crime aos olhos da natureza? Eis a primeira questão.

Vamos aqui sem dúvida humilhar o orgulho do homem rebaixando-o ao nível de todas as outras produções da natureza; mas o filósofo não acaricia as pequenas vaidades humanas: sempre ardente na busca da verdade, ele a distingue sob os tolos preconceitos do amor-próprio, atinge-a, desenvolve-a, e a mostra audaciosamente à Terra espantada.

O que é o homem, e qual a diferença entre ele e as plantas, entre ele e os outros animais da natureza? Certamente nenhuma. Colocado fortuitamente como eles sobre o globo, nasce como eles, propaga-se, cresce e declina como eles; atinge como eles a velhice e como eles tomba no nada após o termo que a natureza assina a cada espécie de animais devido à construção de seus órgãos. Se essas aproximações são tão exatas que torna impossível ao olho examinador do filósofo perceber alguma dissemelhança, haverá, pois, tanto mal em matar um animal quanto um homem, ou quase muito pouco em fazê-lo num caso ou no outro, e a distância residirá apenas nos preconceitos de nosso orgulho. Mas nada infelizmente é tão absurdo como os preconceitos do orgulho. Encurtemos, todavia, a questão. Não podereis discordar que seja igual destruir um homem ou um animal; mas a destruição de todo animal que vive não é decididamente um mal como acreditavam os pitagóricos e como ainda acreditam os habitantes das margens do Ganges? Antes de responder a isso, recordemos aos leitores que só examinamos a questão do ponto de vista da natureza. Afrontá-la-emos, em seguida, com relação aos homens.

Pergunto que valor terão para a natureza indivíduos que não lhe custam a menor pena ou o menor cuidado? O operário só estima sua obra em razão do trabalho que ela lhe custa e do tempo que emprega para criá-la. O homem custa alguma à natureza? E, supondo que custe, custa-lhe mais do que um macaco ou elefante? Vou mais longe: quais são as matérias geradoras da natureza? De que são compostos os seres que nascem? Os três elementos que os formam não resultam da primitiva destruição de outros corpos? Se todos os indivíduos fossem eternos, não se tornaria impossível à natureza criar novos seres? Se a eternidade dos seres é impossível à natureza, sua destruição torna-se portanto uma de suas leis. Ora, se as destruições lhe são tão úteis que ela não possa absolutamente passar sem elas, e se não pode criar sem extrair dessas massas de destruição que a morte lhe prepara, a partir desse momento a ideia de aniquilamento que ligamos à morte deixará de ser real; não haverá mais aniquilamento passível de se constatar. O que chamamos fim de cada animal vivente não será mais um fim real, mas uma simples transmutação cuja base é o movimento perpétuo, verdadeira essência da matéria e que os filósofos modernos admitem como uma de suas primeiras leis. A morte, de acordo com esses princípios irrefutáveis, não é mais do que uma mudança de forma, uma imperceptível passagem de uma existência a outra, eis o que Pitágoras chamava de metempsicose.

Uma vez admitidas tais verdades, pergunto se será possível afirmar que a destruição é um crime? Visando conservar nossos preconceitos absurdos, ousareis me dizer que a transmutação é uma destruição? Não, certamente. Seria preciso para isso provar um instante de inação, um momento de repouso na matéria. Ora, jamais descobrireis esse momento. Pequenos animais se formam no instante em que o grande deixa de respirar; a vida desses pequenos animais é apenas um dos efeitos necessários e determinados para o sono momentâneo do grande. Ousareis dizer que um agrada mais à natureza do que o outro? Para isso seria preciso provar uma coisa impossível: que a forma longa ou quadrada é mais útil, mais agradável à natureza do que a oblonga ou triangular. Seria preciso provar que, com respeito aos planos sublimes da natureza, um vagabundo que engorda de preguiça e indolência é mais útil do que o cavalo cujo serviço é tão essencial, ou o boi cujo corpo é tão precioso que se aproveita todas as suas partes; seria preciso dizer que a serpente venenosa é mais necessária do que o cão fiel.

Como todos esses sistemas são insustentáveis, é preciso absolutamente admitir a impossibilidade em que nos encontramos para aniquilar as obras da natureza, admitindo que a única coisa que fazemos, entregando-nos à destruição, é operar uma variação nas formas que não pode extinguir a vida; logo, provar que existe crime na pretensa destruição de uma criatura de qualquer idade, sexo ou espécie está acima das forças humanas. Conduzidos ainda mais pela série de nossas consequências que nascem umas das outras, será, enfim, preciso convir que, longe de prejudicar a natureza, a ação que cometeis variando as formas de suas diferentes obras é vantajosa para ela, pois lhe forneceis por essa ação a matéria-prima de suas reconstruções cujo trabalho lhe seria impraticável se nada aniquilásseis. Ora, direis, deixai a natureza agir! Isso certamente é preciso, mas não são os seus impulsos que o homem segue quando se entrega ao homicídio; é a natureza que o aconselha; e o homem que destrói seu semelhante é para a natureza aquilo que é para ele a peste ou a fome, igualmente enviadas pela sua mão, a qual se serve de todos os meios possíveis para obter mais depressa esta matéria-prima de destruição, absolutamente essencial às suas obras.

Dignemos esclarecer um instante nossa alma ao santo archote da filosofia. Que outra voz senão a da natureza nos sugere os ódios pessoais, as vinganças, as guerras, enfim, todos esses motivos de assassinatos perpétuos? Se ela nos aconselha isso tudo, é porque necessita. Como podemos, em consequência, nos considerar culpados diante dela se não fazemos outra coisa que seguir seus desígnios?

Mas eis mais do que é preciso para convencer qualquer leitor esclarecido não ser possível que o assassinato possa ultrajar a natureza.

Será ele um crime em política? Ousemos confessar, pelo contrário, ser ele, infelizmente, uma das grandes molas da política. Não foi à custa de assassinatos que Roma se tornou a senhora do mundo? Não foi à custa de assassinatos que a França hoje é livre? É inútil advertir que só falamos aqui dos assassinatos ocasionados pela guerra, e não das atrocidades cometidas pelos facciosos e desordeiros; estes são tão execrados pelo público que basta mencioná-los para excitar de uma vez o horror e a indignação geral. Que outra ciência humana tem maior necessidade de se sustentar pelo assassinato do que esta que tende a enganar, que só almeja o crescimento de uma nação às expensas de outro? As guerras, únicos frutos dessa bárbara política, são outra coisa a não ser os meios pelos quais ela se alimenta, se fortifica, se sustém? O que é a guerra senão a ciência de destruir? Estranha cegueira a do homem que ensina publicamente a arte de matar, que recompensa quem nela mais se distingue e que pune aquele que por motivos particulares se desfaz de seu inimigo! Já não é tempo de nos afastarmos desses erros tão bárbaros?

Enfim, o assassinato será um crime contra a sociedade? Quem pode imaginar isso em sã consciência? Ah, o que importa a essa numerosa sociedade que haja em seu seio um membro a mais ou a menos? Suas leis, seus modos e costumes corromper-se-iam? A morte de um indivíduo alguma vez influiu sobre a massa geral?

E após a perda da maior das batalhas, ou seja, após a extinção da metade do mundo, de sua totalidade, o pequeno número de seres que pudesse sobreviver sofreria a menor alteração material? Oh, não! A natureza inteira nada sofreria, e o tolo orgulho do homem que acredita que tudo é feito para ele ficaria bem espantado, após a destruição total da espécie humana, ao verificar que nada muda na natureza e que o curso dos astros nem sequer é desviado. Continuemos.

Como o assassinato deve ser visto num Estado republicano e guerreiro?

Certamente haveria o maior perigo em levar essa ação à desgraça ou puni-la. O orgulho do republicano pede um pouco de ferocidade; se amolece, se perde a energia, logo será subjugado. Uma singularíssima reflexão surge agora; apesar de ousada é muito verdadeira; vou dizê-la: uma nação que começa a ser governada como República só se sustentará por virtudes, pois para chegar ao máximo é preciso começar com pouco; mas uma nação velha e corrupta, que, corajosamente, abalará o jugo de seu governo monárquico para adotar um republicano, só se manterá com muitos crimes; como ela já vive no crime, se quiser passar do crime à virtude, isto é, sair de um estado violento para um suave, cairá numa inércia que certamente logo a levará à ruína. Que seria da árvore transplantada de um terreno pleno de vigor para uma superfície arenosa e seca? Todas as ideias intelectuais estão de tal forma subordinadas à física da natureza, que as comparações fornecidas pela agricultura jamais nos enganarão em moral.

Os homens mais independentes, que mais próximos se encontram da natureza, os selvagens, entregam-se diariamente ao assassinato. Em Esparta, na Lacedemônia, caçavam-se ilotas, como na França caçamos perdizes. Os povos mais livres são aqueles que mais acolhem o assassinato. Em Mindanau, quem deseja cometer um assassínio é elevado à categoria dos bravos, e logo o enfeitam com um turbante; entre os Caraguos, é preciso ter matado sete homens para obter as honrarias desse toucado; os habitantes de Bornéu creem que todos aqueles que foram levados à morte lhe serão úteis após a morte deles mesmos; até os devotos espanhóis faziam votos a São Joaquim da Galícia de matar doze americanos por dia; no reino de Tangut, escolhia-se um jovem forte e vigoroso ao qual era permitido, em certos dias do ano, assassinar todos os que encontrasse pela frente. Havia um povo mais amigo do assassinato do que os judeus? É o que se vê de todas as formas, em todas as páginas de sua história.

O imperador e os mandarins da China, de tempos em tempos, tomam medidas para revoltar o povo a fim de obter, com essas manobras, o direito de promover horrendas carnificinas. Que esse povo mole e afeminado se liberte do jugo de seus tiranos; ele os espancará por sua vez com muito mais razão, e o assassinato, sempre adotado, sempre necessário, só teria mudado de vítimas; ele faria o prazer de alguns e a felicidade de outros.

Uma infinidade de nações toleram os assassinatos públicos: são totalmente permitidos em Gênova, Veneza, Nápoles, e em toda a Albânia. Em Kachau, os assassinos, na ribeira de São Domingos, em seu costumeiro traje oficial, degolam sob vossas ordens e aos vossos olhos os indivíduos por vós indicados. Os indianos tomam ópio para se encorajarem ao assassinato; depois se precipitam pelas ruas massacrando todos os que encontram pela frente; viajantes ingleses também encontraram essa mania na Batávia.

Que povo foi ao mesmo tempo maior e mais cruel do que os romanos e que nação conservou por mais tempo seu esplendor e sua liberdade? O espetáculo dos gladiadores animava sua coragem; Roma tornou-se guerreira pelo hábito de fazer do assassinato um jogo. Mil e duzentas a mil e quinhentas vítimas lotavam diariamente a arena do circo; e as mulheres, mais cruéis do que os homens, exigiam que os moribundos caíssem com graça e ainda encenassem[10] sob as convulsões de morte. Os romanos passaram daí ao prazer de ver anões degolando-se diante deles; e quando o culto cristão, infectando a Terra, veio persuadir aos homens de que era um mal se matarem uns aos outros, os tiranos, imediatamente, encadearam esse povo, e os heróis do mundo depressa tornaram-se brinquedos.

Em toda parte, enfim, com razão acreditou-se que o assassino, isto é, aquele que sufoca sua sensibilidade a ponto de matar seu semelhante e de desafiar a vingança pública ou particular, em toda parte, digo, acreditou-se que um tal homem só podia ser bastante corajoso e, por conseguinte, muito precioso num governo guerreiro ou republicano. Percorrendo ainda nações que, mais ferozes ainda, só ficavam satisfeitas imolando crianças, com frequência as próprias, veremos essas ações adotadas universalmente e até mesmo às vezes fazendo parte de suas leis. Várias populações selvagens matam seus recém-nascidos. Às margens do Orenoque, as mães imolavam suas filhas tão logo lhes davam à luz; acreditavam que elas só nasciam para serem infelizes, já que seu destino era o de tornarem-se esposas dos selvagens dessa região que não permitia mulheres. Na Trapobana e no reino de Sopit, todas as crianças disformes eram imoladas pelos próprios pais. As mulheres de Madagascar expunham às feras as crianças nascidas em certos dias da semana. Nas repúblicas da Grécia, todas as crianças que vinham ao mundo eram cuidadosamente examinadas, e caso se constatasse não serem constituídas para defender um dia a República, eram imediatamente imoladas: lá ninguém achava essencial erigir casas ricamente dotadas para conservar essa vil escória da natureza humana*. Até a mudança da sede do Império, todos os romanos que não quisessem alimentar seus filhos os jogavam no depósito de lixo. Os antigos legisladores não tinham nenhum escrúpulo em destinar crianças à morte, e jamais algum de seus códigos reprimia os direitos que um pai se arrogava sobre sua família. Aristóteles aconselhava o aborto; esses antigos republicanos, cheios de entusiasmo e ardor pela pátria, desconheciam essa comiseração individual que se encontra nas nações modernas; amavam-se menos as crianças, mas amava-se mais o país. Em todas as cidades chinesas encontra-se todas as manhãs uma incrível quantidade de crianças abandonadas pelas ruas; ao fim do dia são recolhidas por uma

*) É preciso esperar que a nação modifique essa despesa, a mais inútil de todas; todo indivíduo que nasce sem as qualidades necessárias para um dia ser útil à república não tem nenhum direito em conservar a vida, e o que melhor se pode fazer é tirá-la no momento em que ele a recebe.

carroça e depois jogadas numa fossa; por vezes as parteiras mesmas aliviam as mães afogando seus frutos em tinas de água fervente ou jogando-os no rio. Em Pequim, as crianças são postas em pequenos cestos de junco e depois abandonadas nos canais; o célebre viajante Duhalde calcula em aproximadamente mais de trinta mil o número dos que são retirados de lá em cada averiguação. Não se pode negar que seja absolutamente necessário e extremamente político barrar a população num governo republicano; por objetivos completamente opostos é preciso encorajá-la numa Monarquia onde os tiranos, ricos apenas em razão do número de seus escravos, seguramente necessitam de homens; mas a abundância dessa população, não duvidemos disso, é um vício real num governo republicano. Entretanto, não é preciso degolar para diminuir a população, como diziam nossos modernos decênviros: deve-se apenas não lhe dar meios de se estender além dos limites que sua felicidade prescreve. Evitai multiplicar demais um povo em que cada ser é soberano e estejais bem certos de que as revoluções jamais são outra coisa que os efeitos de uma população numerosa demais. Se, para o esplendor de um Estado, concedeis a vossos guerreiros o direito de destruir homens, para a conservação desse mesmo Estado, concedei a cada indivíduo o direito de se desfazer das crianças que não pode alimentar ou das quais o governo não possa tirar nenhum proveito; cada indivíduo pode entregar-se a isso o quanto quiser, já que assim fazendo não ultraja a natureza. Concedei-lhe também que se desfaça, assumindo seus riscos e perigos, de todos os inimigos que lhe possam prejudicar, pois o resultado de todas essas ações, absolutamente nulas em si mesmas, será conservar vossa população num Estado moderado e jamais numeroso o bastante para derrubar vosso governo. Deixai os monarquistas dizer que um Estado só é grande por causa de sua extrema população; esse Estado será sempre pobre se a população exceder os meios de vida, e florescerá sempre se, contido nos justos limites, puder comerciar seus excedentes. Não é preciso podar a árvore quando ela se enche de galhos e cortar seus ramos para conservar-lhe o tronco? Todo sistema que se afasta desses princípios é uma extravagância cujos abusos nos levariam logo à destruição total do edifício que acabamos de erguer com tanto esforço. Não se deve destruir um homem já criado para diminuir a população; é injusto abreviar os dias de um indivíduo bem constituído; mas não é injusto impedir que venha ao mundo um ser que certamente lhe será inútil. A espécie humana deve ser depurada no berço; só assim ireis prevenir e suprimir de seu seio tudo aquilo que jamais seria útil à sociedade. Eis os únicos meios razoáveis de diminuir uma população que, por ser extensa demais, é, como acabamos de provar, o mais perigoso dos abusos.

É tempo de resumir.

O assassinato deve ser reprimido pelo assassinato? Não, sem dúvida. Só devemos impor ao assassino a pena que podem incorrer por vingança os amigos ou a família da vítima. *Eu vos perdoo,* disse Luís XV a Charolais que matara um homem para se divertir, *mas também àquele que irá matar-vos.* Todas as bases da lei contra os assassinos se encontram nessas palavras sublimes*.

Enfim, o assassinato é um horror, mas um horror quase sempre necessário, jamais criminoso; por isso é essencial tolerá-lo num Estado republicano. O universo inteiro, como já mostrei, nos dá exemplos dele; mas, será preciso considerá-lo uma ação feita para ser punida de morte? Os que respondem ao seguinte dilema terão resolvido a questão: o assassinato é ou não um crime? Se não é, para que fazer leis que o punem? E se for, por que bárbara e estúpida inconsequência o punireis com um crime semelhante?

Só nos resta falar dos deveres do homem para consigo mesmo. Como o filósofo só adota esses deveres na medida em que contribuem para seu prazer e conservação, é inútil recomendar-lhes sua prática e, mais inútil ainda, impor castigos se não os cumprir.

*) A lei sálica só punia o assassinato com uma simples multa, e como o culpado facilmente encontrava meios de escapar dela, Childebert, rei da Austrásia, por um regulamento feito em Colônia, decretou pena de morte não ao assassino, mas àquele que se subtraísse à multa prevista para o assassino. A lei ripuária também só ordenava uma multa contra esse ato, proporcional ao indivíduo que ele matasse. Era muito alta quando se tratava de um padre: fazia-se uma túnica de chumbo do tamanho do assassino, e ele devia pagar em ouro o peso equivalente dessa túnica; caso contrário, o culpado e sua família se tornariam escravos da Igreja.

O único delito que o homem pode cometer nesse gênero é o suicídio. Não me entreterei aqui em provar a imbecilidade das pessoas que fazem dessa ação um crime. Remeto à famosa carta de Rousseau[11] aqueles que ainda tiverem dúvida sobre isso. Quase todos os antigos governos autorizavam o suicídio pela política e pela religião. Os atenienses expunham no Areópago as razões pelas quais se matavam e depois se apunhalavam. Todas as repúblicas da Grécia toleraram o suicídio; ele constava do plano dos legisladores; as pessoas matavam-se em público, fazendo da morte um espetáculo pomposo. A República romana encorajava o suicídio; seus célebres devotamentos à pátria não passavam de suicídios. Quando Roma foi tomada pelos gauleses, os senadores mais ilustres consagraram-se à morte. Retomando esse mesmo espírito, adotaremos as mesmas virtudes. Um soldado matou-se de desgosto durante a campanha de 92 por não poder acompanhar seus camaradas na questão de Jemmapes[12]. Se fôssemos sempre colocados à altura desses orgulhosos republicanos, superaríamos logo suas virtudes. É o governo que faz o homem. Um hábito tão longo de despotismo debilitara totalmente nossa coragem, corrompera nossos costumes; nós renascemos. Logo veremos de que ações sublimes são capazes o gênio, o caráter francês quando livres. Sustentemos ao preço de nossas fortunas e de nossas vidas essa liberdade que já nos custou tantas vítimas; não lamentaremos nenhuma se atingirmos a meta; eles se sacrificaram voluntariamente. Que este sangue não seja inútil! Mais união é preciso... mais união, ou perderemos o fruto de tantos esforços. Fundemos excelentes leis sobre as vitórias conquistadas; nossos primeiros legisladores, ainda escravos do déspota que enfim abatemos, só nos tinham dado leis dignas desse tirano que eles ainda incensavam. Refaçamos sua obra, pensando que é para os republicanos e para os filósofos que vamos trabalhar. Que nossas leis sejam brandas como o povo que devem reger.

Oferecendo aqui o nada, como acabo de fazer, a indiferença de uma infinidade de ações que nossos ancestrais, seduzidos por uma falsa religião, viam como criminosas, reduzo nosso trabalho a bem pouca coisa. Façamos poucas leis, mas que sejam boas. Não se trata de multiplicar os freios, mas de dar àquele que o emprega uma qualidade indestrutível. Que as leis promulgadas só tenham por finalidade a tranquilidade do cidadão, sua felicidade e o brilho da República. Mas, após ter rechaçado o inimigo de vossas terras, franceses, eu não desejaria que o ardor de propagar vossos princípios vos arrastasse longe demais; somente a ferro e fogo podereis levá-los aos confins do universo. Antes de cumprir essas resoluções, tenhais sempre em mente o malogro das cruzadas. Quando o inimigo estiver do outro lado do Reno, acreditai-me, guardai vossas fronteiras e ficai em vossa casa; reanimai o comércio, restituindo a energia e o mercado a vossas manufaturas; fazei reflorescer as artes, encorajai a agricultura, tão necessária num governo como o vosso, cujo espírito deve ser poder fornecer a toda gente sem ter necessidade de ninguém; deixai os tronos da Europa desmoronarem por si mesmos; o vosso exemplo, a prosperidade, depressa os lançarão por terra sem que preciseis interferir.

Invencíveis em vosso território, modelos de todos os povos pela vossa polícia e boas leis, não haverá governo no mundo que não fará tudo para vos imitar e que não se honre com a vossa aliança. Mas se, pela honra vã de levar longe vossos princípios, abandonardes o cuidado de vossa própria felicidade, o despotismo, que está apenas adormecido, renascerá; discórdias intestinas vos dilacerarão, tereis exaurido vossas finanças e vossos soldados, e tudo isso para outra vez beijar os ferros impostos pelos tiranos, os quais vos terão subjugado durante vossa ausência. Tudo o que desejais pode-se conseguir sem que seja preciso deixar vossos lares; que os outros povos vos vejam felizes e correrão ao encontro da felicidade pelo mesmo caminho que lhes tiverdes traçado*.

Tradução Contador Borges

*) Lembremo-nos de que a guerra exterior jamais foi proposta a não ser pelo infame Dumouriez.

A SOCIEDADE DOS AMIGOS DO CRIME

Mandamentos

A sociedade só convencionalmente se serve da palavra "crime", mas declara não designar assim nenhuma espécie de ação, de qualquer tipo que seja.

Plenamente convencida de que os homens não são livres, e que, acorrentados às leis da natureza, são escravos dessas leis primeiras, a sociedade aprova tudo, legitima tudo e considera como seus sectários mais zelosos aqueles que, sem nenhum remorso, se entregarem ao maior número possível dessas ações vigorosas a que os tolos por fraqueza denominam "crimes", visto estar persuadida de que serve à natureza quem se entrega às ações ditadas por ela; e o que verdadeiramente caracterizaria um crime seria a resistência em se entregar a todas as inspirações da natureza, de qualquer espécie que possam ser. Em consequência, a sociedade protege todos os seus membros, e a todos promete ajuda, abrigo, refúgio, proteção, crédito contra os empreendimentos da lei. Ela encarrega-se da salvaguarda de todos os que transgredirem a lei e se colocarem acima dela, porque a lei é obra dos homens, e a sociedade, filha da natureza, só ouve e segue a própria mãe.

1° A sociedade não faz distinção alguma entre os indivíduos que a integram. Não que veja todo homem igual aos olhos da natureza (está longe desse preconceito popular, fruto da fraqueza e da falsa filosofia), mas está persuadida de que toda distinção incomodaria os prazeres dela, perturbando-os mais cedo ou tarde.

2° O indivíduo que queira ser admitido na sociedade deve renunciar a toda espécie de religião, submetendo-se a provas que constatarão seu desprezo por esses cultos humanos e seu quimérico objeto.

O mais leve retorno de sua parte a tais asneiras implicará sua exclusão imediata.

3º A sociedade não admite deus algum; há que se ostentar ateísmo para ingressar nela. O único deus que conhece é o prazer; por este ela sacrifica tudo. Admite todas as volúpias imagináveis e aprecia todos os deleites; todos os gozos são autorizados em seu seio, não há nenhum que não incense, recomende ou proteja.

4º A sociedade rompe todos os laços do casamento e confunde todos os do sangue. Em sua sede deve-se, indistintamente, gozar tanto da mulher do próximo quanto da própria, tanto de seu irmão e irmã, de seus filhos e sobrinhos, quanto os dos outros. A menor repugnância a essas regras é um poderoso motivo de exclusão.

5º O marido tem obrigação de apresentar a mulher; o pai, seu filho ou filha; o irmão, a irmã; o tio, o sobrinho ou sobrinha, etc.

6º Não se introduz na sociedade aquele que não prove ter ao menos vinte e cinco mil libras de renda, considerando-se que as despesas anuais são de dez mil francos por indivíduo. Com esse montante são cobertas todas as despesas da casa: aluguel, haréns, carruagens, secretaria, assembleias, jantares, iluminação. E quando sobra dinheiro na tesouraria ao final do ano, ele é dividido entre os irmãos; se as despesas excedem à receita, cotiza-se para se reembolsar o tesoureiro, cuja palavra sempre terá crédito absoluto.

7º Vinte artistas ou homens de letras serão recebidos ao preço módico de mil libras por ano. A sociedade, protetora das artes, outorga-lhes essa deferência, lastimando-se não permitirem seus meios admitir por tal preço medíocre um número maior de homens dos quais terá sempre estima.

8º Unidos como num seio familiar, os amigos da sociedade dividem entre si todas as penas, assim como todos os prazeres; eles ajudam-se e socorrem-se mutuamente em todas as diversas situações da vida; porém, todas as esmolas, caridades, auxílios dados às viúvas, órfãos ou indigentes são absolutamente proibidos aos associados; todo membro apenas suspeito dessas supostas boas obras será excluído.

9º Haverá sempre em reserva uma soma de trinta mil libras para um membro a quem a mão do destino deixar em má situação.

10º O presidente, eleito por escrutínio, só ficará um mês em exercício; é escolhido alternadamente de um e de outro sexo, e presidirá doze assembleias (sendo que há três por semana); sua única função é fazer com que se respeite as leis da sociedade e manter a correspondência executada por um comitê permanente chefiado por ele mesmo. O tesoureiro e os dois secretários da assembleia são membros desse comitê, mas renovam-se os secretários todos os meses, assim como o presidente.

11º Cada sessão é aberta com um discurso, obra de um dos membros. O espírito desse discurso é contrário aos costumes e à religião; quando vale a pena, é imediatamente impresso a expensas da sociedade e arquivado.

12º Nos horários consagrados ao prazer, todos os irmãos devem estar nus e misturar-se uns com os outros, gozando indistintamente, e jamais uma recusa pode subtrair um indivíduo aos prazeres de outro. O que for escolhido deve se prestar e fazer tudo o que lhe for solicitado: não terá ele o mesmo direito no momento seguinte? O indivíduo que se recusar aos prazeres de seus irmãos será obrigado a isso pela força, e depois expulso.

13º No seio da assembleia, nenhuma paixão cruel é aceita, com exceção do açoite aplicado somente nas nádegas. Existem haréns na sociedade em que as paixões ferozes podem ser levadas ao extremo; porém, entre os irmãos, bastam as volúpias crapulosas, incestuosas, sodomitas e suaves.

14º A maior confiança possível é estabelecida entre os irmãos; eles devem confessar seus gostos entre si, suas fraquezas, deleitar-se com suas confidências, encontrando nelas um alimento a mais para seus prazeres. O indivíduo que trair os segredos da sociedade, ou que repreender a um de seus irmãos fraquezas ou paixões que fazem a felicidade de seu gozo, será imediatamente excluído.

15º Perto da sala pública dos gozos ficam os gabinetes secretos onde é possível retirar-se para entrega solitária a todos os deboches da libertinagem; podem adentrá-lo quantas pessoas quiserem. São providos de tudo o que é necessário, e em cada um deles encontram-se uma garota e um menino à disposição para executarem todas as paixões dos membros da sociedade, inclusive as que só são permitidas no interior dos haréns, pois essas crianças, da mesma espécie que as dos haréns, e mesmo dependentes deles, podem ser tratadas com tais.

16º Todos os excessos de mesa são autorizados; toda a ajuda e toda a assistência são prestadas ao irmão que se entregar a eles; todos os meios possíveis são fornecidos para satisfazê-los.

17º Nenhuma mácula jurídica, nenhum desprezo público, nenhuma difamação podem impedir o impresso na sociedade. Estando os princípios da mesma baseados no crime, como aquele que vem do crime poderia ser barrado? Rejeitados pelo mundo, tais indivíduos encontrarão consolo e amigos numa sociedade que os considerará e os admitirá preferencialmente. Quanto mais um indivíduo for desconsiderado no mundo, mais ele agradará à sociedade; o que pertencem a esse grupo serão eleitos presidentes no mesmo dia de sua recepção, e admitidos nos haréns sem o noviciado.

18º Confissões públicas ocorrem nas quatro grandes assembleias gerais, coincidindo com as épocas chamadas pelos católicos de "as quatro maiores festas do ano". Em tais ocasiões, cada um tem obrigação de confessar, em voz alta e clara, tudo aquilo que fez; caso sua conduta seja considerada pura, será repreendido; se for irregular, será coberto de louvores; e se ele foi terrível, se estiver coberto de crimes e de execrações? Nesse caso, será recompensado, mas terá de trazer testemunhas. Os prêmios elevam-se sempre a dois mil francos, sempre tomados com base na totalidade.

19º O local da sociedade, conhecido somente por seus membros, é de grande beleza, cercado de jardins magníficos. No inverno as salas são aquecidas por grandes lareiras. O horário de reunião é das cinco horas da tarde às doze horas do dia seguinte. Por volta da meia-noite, é servido um soberbo jantar, e refrescos durante todo o tempo.

20º Toda e qualquer espécie de jogo é proibido na sociedade; ocupada com relaxamentos mais agradáveis à natureza, ela desdenha tudo o que se afasta das paixões divinas da libertinagem, as únicas capazes de eletrizar o homem.

21º O recipiendário, de qualquer sexo, durante um mês, passa pelo noviciado; nesse ínterim ele fica às ordens da sociedade; é tratado qual um joguete, não tendo acesso aos haréns nem podendo ser admitido em nenhum outro lugar. Será condenado à pena de morte caso seja surpreendido recusando as propostas que lhe forem feitas.

22º Todos os cargos são decididos por escrutínio secreto; proíbem-se severamente as intrigas. Os cargos são, a saber: o da presidência, os dois do secretariado, o da censura, o das duas diretorias dos haréns, o do tesoureiro, o do mordomo, o dos dois médicos, o dos dois cirurgiões, o do parteiro, o da direção da secretaria, cujo chefe tem abaixo dele os escritores, os impressores, o revisor e o censor das obras, e o inspetor-geral dos bilhetes de entrada.

23º Não são aceitos homens acima de quarenta anos e mulheres acima de trinta e cinco; porém, os que envelhecerem na sociedade podem permanecer nela por toda a vida.

24º Todo membro que não for visto na sociedade no período de um ano será expulso, sem que seus encargos públicos ou seus empregos possam justificar suas ausências.

25º Toda obra contra os costumes ou contra a religião, apresentada por um membro da sociedade, seja ele ou não o autor, é imediatamente depositada na biblioteca da casa, e recebe recompensa quem a houver oferecido, em razão do mérito da obra e pela parte que nela houver tomado.

26º As crianças concebidas na sociedade serão desde cedo colocadas na casa do noviciado dos haréns para tornarem-se seus membros assim que atingirem os dez anos, para os meninos, e os sete, para as meninas. Mas a mulher ou garota que se sujeitar a conceber será prontamente excluída: a reprodução de modo algum faz parte do espírito da sociedade. A verdadeira libertinagem abomina a progenitura; portanto, a sociedade a reprime com rigor. As mulheres denunciarão os homens sujeitos a tal mania, e, se forem considerados incorrigíveis, serão do mesmo modo convidados a se retirar.

27º A função do presidente é vigiar a polícia-geral da assembleia. Abaixo dele há o censor; ambos devem manter a calma, a tranquilidade, os caprichos dos agentes, a submissão dos pacientes, o silêncio, moderar os risos, as conversações, tudo aquilo que, enfim, não for do espírito da libertinagem, ou que a prejudique. Enquanto presidente, também é encarregado da "grande inspeção" nos haréns. No curso das sessões, não pode abandonar a mesa da assembleia sem ser substituído por seu predecessor.

28º Os juramentos e sobretudo as blasfêmias são autorizados; podem-se empregá-los a todos os propósitos. Os membros entre si jamais devem se tratar senão por tu.

29º Os ciúmes, as querelas, as cenas ou propostas de amor são absolutamente proibidos: tudo isso prejudica a libertin§§§agem, e só se deve ocupar dela.

30º Todo indivíduo desordeiro ou duelista será excluído sem misericórdia. A poltronaria é reverenciada aqui como em Roma; o covarde vive em paz com os homens; além disso, geralmente é bastante libertino: a sociedade precisa de tais sujeitos.

31º O número de membros jamais poderá exceder a quatrocentos, e será mantido o melhor possível em igualdade de sexo.

32º O roubo é permitido no interior da sociedade, mas o assassinato somente nos haréns.

33º Um membro não precisa trazer consigo os instrumentos necessários em libertinagem: a casa fornecerá tais objetos em abundância, com discernimento e limpeza.

34º Nenhuma enfermidade repugnante será tolerada. Quem quer que se apresente afetado dessa forma seguramente não será aceito. Caso membros já admitidos contraírem semelhantes males, serão obrigados a se desligarem.

35º Um membro atacado de doença venérea será obrigado a retirar-se até seu inteiro restabelecimento, atestado pelos médicos e cirurgiões da casa.

36º Nenhum estrangeiro será recebido, nem mesmo os habitantes da província. Este restabelecimento só existe para as pessoas residentes em Paris ou arredores.

37º Títulos de nascença não terão validade para a admissão; basta provar possuir o bem necessário indicado anteriormente. Uma mulher, por mais bonita que seja, não será admitida caso não prove possuir a fortuna requisitada. O mesmo vale para o rapaz, por mais belo que seja.

38º Beleza ou juventude não tem nenhum direito exclusivo na sociedade; caso contrário, logo destruiriam a igualdade dos costumes que nela devem reinar.

39º Qualquer membro que revelar os segredos da sociedade será condenado à pena de morte; quem o fizer será perseguido por toda a parte a mando da sociedade.

40º Comodidade, liberdade, impiedade, devassidão, todos os excessos da libertinagem, todos os do deboche, da gula, daquilo que, em suma, chama-se de "sujeira da luxúria", reinam imperiosamente nesta assembleia.

41º Existem, sempre à disposição, cem irmãos servindo em atividade, assalariados da casa, jovens e belos, podendo ser empregados como passivos nas cenas libidinosas, mas jamais podendo nelas desempenhar outro papel. A sociedade mantém a suas ordens dezesseis carruagens, dois escudeiros e cinquenta criados exteriores. Possui também uma imprensa, doze copistas e quatro leitores, sem incluir tudo o que necessitam os haréns.

42º Nas salas destinadas aos gozos não é permitida a entrada de nenhuma arma ou bastão. Tudo deve ser deixado na entrada numa vasta antecâmara, onde mulheres de confiança despem os membros e cuidam de suas roupas. Nos arredores da sala, há numerosas latrinas servidas por garotas e rapazes obrigados a se prestarem a todas as paixões da mesma espécie das encontradas nos haréns. Nelas há seringas, bidês, privadas, roupa de cama fina, perfumes, e tudo o que é necessário antes, durante e depois da satisfação das necessidades; além disso, as línguas desses jovens estão sempre à disposição dos membros na saída.

43° É absolutamente proibido imiscuir-se nos assuntos do governo. Todo discurso político está expressamente interdito. A sociedade respeita o governo sob o qual vive; e, se ela se coloca acima das leis, é porque acredita que o homem não tem o poder de criar leis que incomodem ou contrariem as da natureza. Mas as desordens de seus membros, sempre interiores, jamais devem escandalizar nem os governados nem os governantes.

44° Dois haréns destinam-se aos membros da sociedade, e suas instalações formam as duas alas da casa principal. Um deles é composto por trezentos jovens dos sete aos vinte e cinco anos; o outro, por um número equivalente em garotas de cinco aos vinte e um anos. Tais criaturas variam perpetuamente, e não há semana em que não se renovem pelo menos trinta integrantes de cada harém, a fim de proporcionar novos objetos aos membros da sociedade. Nas proximidades há uma casa onde são criados alguns indivíduos destinados às substituições; sessenta alcoviteiras encarregam-se dessas renovações e, como já foi dito, há um inspetor em cada harém. Os haréns são cômodos, bem distribuídos; neles se faz absolutamente tudo o que se quiser. As paixões mais ferozes aí são executadas; todos os membros da sociedade são admitidos neles sem pagar. Somente os assassinatos são pagos, cem escudos por indivíduo. Os membros que desejarem comer nesse recinto estão livres para fazê-lo; os ingressos são distribuídos pelo presidente que jamais pode recusá-los aos membros que houverem feito seu noviciado. A maior subordinação dos indivíduos reina nos haréns; as queixas que forem feitas por falta de submissão ou de complacência serão imediatamente levadas ao inspetor do harém ou ao presidente, e será punido em seguida o celerado com a pena pronunciada pelo membro, que também terá direito de infligi-la se isso lhe agradar. Existem doze gabinetes de suplício por harém, nos quais não falta nada do que possa mergulhar a vítima nos tormentos mais cruéis e monstruosos. Pode-se misturar os sexos à vontade, conduzindo os homens ao das mulheres, ou vice-versa. Constam também doze cárceres em cada harém, para aqueles que apreciam deixar as vítimas languescerem. É proibido conduzir seja ao seu quarto, seja às salas, qualquer um dos integrantes dos haréns. Encontram-se igualmente nesses pavilhões animais de todas as espécies, para os adeptos do gosto da bestialidade: uma paixão simples e natural, que é preciso ser respeitada como as outras.

Três queixas contra um mesmo integrante bastam para despedi-lo. Três pedidos de morte, para que seja executado imediatamente. Há em cada quatro carrascos, quatro carcereiros, oito fustigadores, quatro esfoladores, quatro parteiras e quatro cirurgiões às ordens dos membros que, em suas paixões, necessitarem do ministério de tais personagens, sendo claro que as parteiras e os cirurgiões lá se encontram apenas para os suplícios, e de modo algum para prestar atendimento. Tão logo um integrante sinta o mais leve sintoma de doença, é enviado ao hospital e não retorna mais à casa.

Os dois haréns são cercados com muros altos. Todas as janelas são engradadas, e os integrantes nunca saem. Entre o edifício e o muro alto confinante, há um intervalo de três metros, formando uma alameda plantada de ciprestes, onde os membros da sociedade, às vezes, fazem descer alguns indivíduos para se entregarem com eles, nesses passeios solitários, a prazeres mais sombrios e quase sempre mais medonhos. À sombra de algumas dessas árvores encontram-se buracos dispostos, onde a vítima pode num instante desaparecer. Por vezes ceia-se sob tais ciprestes, e até mesmo nesses fossos. Alguns deles são extremamente profundos, aos quais só se tem acesso por escadas secretas, e onde se pode entregar-se a todas as infâmias possíveis com a mesma calma, com o mesmo silêncio de quem estivesse nas entranhas da terra.

45º Ninguém pode ser aceito sem previamente prestar o juramento, que deve pronunciar, e submeter-se às obrigações impostas a seu sexo.

Tradução Contador Borges

Antonio Gallonio, De SS. Martyrum Cruciatibus *(Paris, 1750).*
Prancha n. XIV gravada por Antônio Tempesta.
Biblioteca Municipal de Boulogne-sur-Mer.

NOTAS

DIÁLOGO ENTRE UM PADRE E UM MORIBUNDO

1) Devoto do socinianismo, doutrina do reformador italiano Socino, oposta aos dogmas da divindade de Jesus Cristo e à trindade, considerados incompatíveis ao monoteísmo.

2) Pitagórico contemporâneo de Vespasiano, adquiriu uma sabedoria heteróclita em inúmeras viagens, ficando na imaginação popular como fazedor de milagres.

3) Deusa do panteão helênico. Filha do Céu e da Terra, personificava os bons princípios e a ordem.

DA IMORTALIDADE DA ALMA, segundo discurso

1) O narrador é uma personagem feminina.

DO INFERNO

1) O narrador é uma personagem feminina.

2) Embora a palavra "suplício" traduza melhor o sentido primeiro de "gêne", do original, optamos por "pena" para tentar manter a assonância com "Geena", que parece ser relevante.

FRANCESES, MAIS UM ESFORÇO SE QUEREIS SER REPUBLICANOS

1) "*hochet*", no original.

2) "*polissons*".

3) "*organes*".

4) "*momêrie*".

5) Literalmente, "se vós colocardes humor neles". A palavra "humor" deve ser entendida em sua etimologia latina, em que *humor* significa "líquido". O sentido empregado por Sade é o que se encontra na medicina: substância fluída elaborada por um organismo animal, como o sangue, a linfa, a bílis, etc. No contexto, porém, o termo "bílis" parece mais apropriado, sobretudo por seu sentido de "mau humor" ou "cólera".

6) Vale lembrar que o cidadão de Sade, quando presidente do Comitê Revolucionário da Seção de Piques, pronunciou-se contra a pena de morte. A propósito, ele dirá mais tarde, em 1795, numa carta a Gaufridy: "*a guilhotina sob os olhos* me fez cem vezes pior do que jamais ma fariam todas as Bastilhas imagináveis".

7) "*ébranlement*", no original.

8) Eunucos. Segundo o Littré, o termo aparece em Voltaire, *Ode 16*: "No fundo de um serralho inútil / Que faz entre esses icoglãs o velho sucessor imbecil dos Barjazets e dos Orcans?".

9) "*écarts*".

10) Literalmente, "se desenhassem".

11) A carta XXI, de *A nova Heloísa*, em que Saint-Preux declara: "Quanto mais reflito nisso, mais acho que a questão se reduz a esta proposta fundamental: procurar o seu bem e fugir do mal naquilo que não ofende outrem, é o direito da natureza. Quando a nossa vida é um mal para nós e não é um bem para ninguém, é permitido, portanto, liberar-se dela. Se há no mundo uma máxima evidente e certa, penso ser esta, e se se conseguisse derrubá-la, não há nenhuma ação humana da qual não se possa fazer um crime". (J.J. Rousseau. *Julie ou la nouvelle Héloïse*. Paris, Garnier, 1960, p. 357.)

12) Batalha em que Dumouriez vence os austríacos, em 1792.

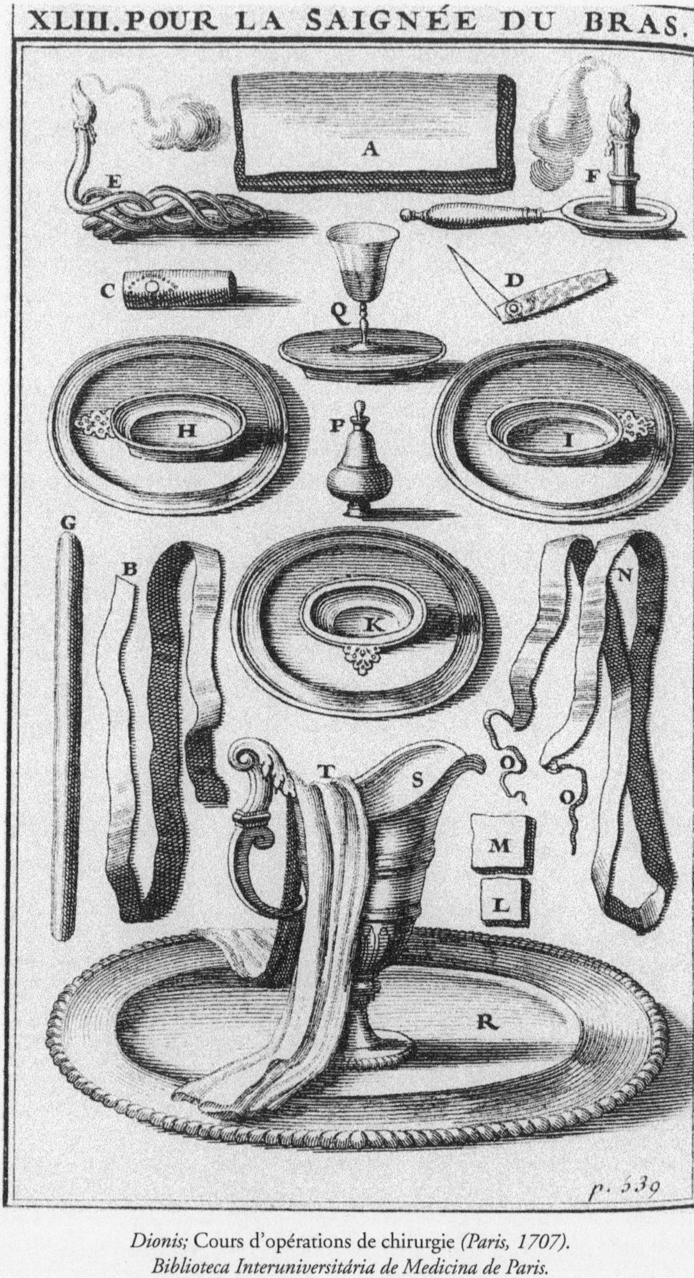

Dionis; Cours d'opérations de chirurgie *(Paris, 1707).*
Biblioteca Interuniversitária de Medicina de Paris.

CRONOLOGIA

1740 — Nasce, a 2 de junho, Donatien-Alphonse-François, o marquês de Sade, em Paris.

1744 — Donatien é enviado à Provença, onde é educado primeiramente por suas tias e depois pelo tio, o abade de Sade, erudito e libertino.

1746 — Diderot publica seus *Pensamentos filosóficos* e assume a direção da *Enciclopédia.*

1751 — A *Enciclopédia* começa a ser publicada.

1755 — O marquês é nomeado alferes de infantaria junto à casa do rei.

1756 — Tem início a "Guerra dos Sete Anos". Durante a campanha, o jovem oficial Sade é beneficiado com várias promoções. Começam suas primeiras ações como libertino.

1763 — Fim da "Guerra dos Sete Anos" com o tratado de Paris. Sade é reformado como capitão de cavalaria. Ligação com a senhorita de Lauris, de uma antiga casa da nobreza provençal. Casa-se a contragosto, a 17 de maio, com Renée-Pélagie de Montreuil, uma jovem rica oriunda da aristocracia inferior. Ações de libertinagem em Paris. Sade é encarcerado em Vincennes, a 29 de outubro, por uma *lettre de cachet* (ordem de prisão com o selo real) e solto a 13 de novembro.

1764 — Voltaire publica o *Dicionário filosófico.* Sade se relaciona com a senhorita Colet, atriz do Teatro Italiano, e com diversas prostitutas de Paris.

1766 — Várias relações com prostitutas e atrizes.

1767 — Nascimento do primeiro filho do marquês, Louis-Marie, a 27 de outubro.

1768 — A França adquire a Córsega um ano antes do nascimento de Napoleão Bonaparte. A 3 de abril, o primeiro grande escândalo do marquês: flagela em Arcueil, num domingo de Páscoa, uma jovem mendiga, Rose Keller, que consegue fugir e denunciá-lo. A 8 de abril, é encarcerado em Saumur, a despeito dos apelos da mulher Renée e da desistência da vítima do processo. É transferido em seguida para Pierre-Enclise, perto de Lyon. A 10 de junho é processado em Paris e condenado a pagar multa de cem libras. A 16 de novembro é solto por ordem do rei.

1769 — Nasce a 27 de junho o segundo filho do marquês. Viagem aos Países Baixos. Redige uma *Viagem a Holanda, em forma de cartas.*

1770 — D'Holbach publica sob o nome falso de Mirabaud o *Sistema da natureza*, obra que terá grande influência no pensamento sadiano. Retoma seu trabalho como capitão-comandante.

1771 — Nasce, a 17 de abril, Madeleine-Laure, filha do marquês. Nova prisão, em agosto, por causa de dívidas.

1772 — Ligação de Sade com a cunhada. Orgia em Marselha, a 27 de junho, juntamente com seu criado e quatro mulheres. As mulheres, obrigadas a ingerir bombons de anis contaminados por cantáridas, como "afrodisíaco" e "para fazê-las peidar", segundo o marquês, sentiram-se mal e deram queixa, o que lhe valeu nova condenação, desta vez "à morte por contumácia", pena que equivalia a uma grande desonra e cuja execução foi *en effigie.* Tratava-se na verdade de uma representação grosseira, mediante um quadro ou boneco do condenado a quem se fazia experimentar a pena pronunciada. Tinha ao menos dois objetivos: imprimir uma maior ignomínia ao acusado e inspirar no povo, por tal aparelho, maior horror pelo crime. O marquês e seu criado, por terem cometido crimes de libertinagem, algolagnia, sodomia e envenenamento, foram assim "queimados" em praça pública.

1774 — Morte de Luís XV.

1775 — Uma criada dá à luz uma filha do marquês: novo risco de escândalo, que a família procura abafar. Sade foge para a Itália e só retorna no ano seguinte para seu castelo de Lacoste.

1777 — É encarcerado novamente em Vincennes, por uma *lettre de cachet* emitida pelo rei por insistência da sogra, visando preservar a honra da família Sade-Montreuil de suas afrontas.

1778 — Morte de Rousseau e de Voltaire. Durante uma transferência a Paris, Sade foge, e após 39 dias em liberdade é preso em Lacoste. A 7 de setembro retorna ao torreão de Vincennes, onde ficará cinco anos e meio. Inicia sua obra literária.

1782 — Choderlos de Laclos publica *As relações perigosas.* Sade redige o *Diálogo entre um padre e um moribundo* e começa os *120 dias de Sodoma.*

1784 — É conduzido à Bastilha, onde permanece até a Revolução de 89.

1786 — Começa a redigir *Aline e Valcour.*

1787 — Problemas de saúde. Escreve *Os infortúnios da virtude*, em dezesseis dias.

1788 — Convocação dos Estados Gerais. Publicação dos últimos livros das *Confissões,* de Rousseau. Morte de Buffon, naturalista que Sade admirava. Redige *Eugénie de Franval* e conclui *Aline e Valcour ou romance filosófico.*

1789 — Reunião dos Estados Gerais que se tornam Assembleia Constituinte. A 4 de julho, Sade é transferido da Bastilha para Charenton. Permanece nove meses em Charenton. 14 de julho: Queda da Bastilha. A 4 de agosto, dá-se a abolição dos privilégios. Declaração dos Direitos do Homem.

1790 — A Assembleia Constituinte abole as "lettres de cachets". Sade é libertado a 2 de abril. A 9 de junho, a senhora de Sade obtém o divórcio. Sade torna-se "cidadão ativo" da futura seção de Piques a 1 de julho. Tem início, a 25 de agosto, sua relação com Marie-Constance Quesnet, a "sensível". Aceita várias encomendas de peças para os teatros parisienses.

1791 — Fuga de Luís XVI, destituído de suas funções. Reunião da Assembleia Legislativa. Sade passa a viver com a senhora Quesnet. Primeira edição de *Justine ou os infortúnios da*

Virtude. Em outubro e novembro, faz sucesso com a peça *O Conde Oxtiern ou as desgraças da libertinagem.*

1792 — Em setembro, o castelo de Lacoste é saqueado. Em outubro, Sade é nomeado comissário da seção de Piques.

1793 — 21 de janeiro: execução de Luís XVI. Instaura-se a fase do "Terror". Em julho, o "cidadão" de Sade torna-se presidente da seção de Piques. Ele risca os Montreuil da lista dos suspeitos. A 29 de setembro, pronuncia um *Discurso às almas de Marat e de Le Pelletier,* ambos "mártires da liberdade". A 8 de dezembro, nova detenção de Sade, acusado de "moderado". É sucessivamente encarcerado nas Madelonnetes, nos Carmes, em Saint-Lazare e em Picpus.

1794 — Sade é condenado à morte, a 27 de julho. Robespierre, Saint-Just e outros são executados a 28 de julho. 15 de outubro: Sade é liberado.

1795 — Agosto: publicação de *Aline e Valcour* e da *A filosofia na alcova.*

1796 — O castelo de Lacoste é vendido em outubro.

1797 — Publicação de *A nova Justine ou os infortúnios da Virtude*, seguida da *História de Juliette*, sua irmã. Viagem de Sade a Provença. Problemas financeiros e jurídicos.

1799 — Sade vive na miséria, trabalhando como empregado no espetáculo de Versalhes.

1800 — Publicação dos *Crimes do amor, precedidos de uma ideia sobre os romances.*

1801 — 6 de março: detenção de Sade como autor de obras pornográficas. É encarcerado em Sainte-Pélagie.

1802 — 14 de março: após tentar seduzir jovens detentos, Sade é transferido de Sainte-Pélagie para Bicêtre. Finalmente, a 27 de abril, é enviado ao Hospício de Charenton. Inicia *Jornadas de Florbelle ou a natureza desvelada.*

1805 — Sade auxilia na missa de Páscoa, em Charenton.

1806 — Morte de Restif de la Bretonne. Sade redige seu testamento.

1807 — Conclui, em abril, as *Jornadas de Florbelle*. A 5 de junho, tem seus manuscritos apreendidos e destruídos pela polícia.

1808 — Sade organiza um teatro com os detentos de Charenton.

1809 — Morre seu filho mais velho.

1810 — Morre, a 7 de julho, Renée-Pélagie, a marquesa de Sade.

1812 — Sade redige *Adelaide de Brunswick, princesa da Saxônia.*

1813 — Escreve *A história secreta de Isabelle da Baviera,* e publica *A marquesa de Gange.*

1814 — Abdicação de Napoleão e retorno de Luís XVIII. O novo diretor do hospício pede transferência do marquês. Morre Donatien-Alphonse-François de Sade, a 2 de dezembro. A despeito de suas disposições testamenteiras, é sepultado religiosamente no cemitério do hospício.

Este livro foi composto em Garamond pela *Iluminuras* e terminou de ser impresso em fevereiro de 2019 nas oficinas da *Meta Brasil Gráfica*, em Cotia, SP, em papel off-white 80 g.